巨人安佐

〔英〕凯特·斯科特 / 著

〔英〕亚历山德拉·冈恩 / 绘

周悟拿 / 译

GUANGXI NORMAL UNIVERSITY PRESS
广西师范大学出版社
·桂林·

巨人安佐

Juren Anzuo

出版统筹：伍丽云
质量总监：孙才真
责任编辑：窦兆娜
助理编辑：张　也
责任营销：廖艳莎
责任美编：赵英凯
责任技编：马萁键

图书在版编目（CIP）数据

巨人安佐 /（英）凯特·斯科特著 ；（英）亚历山德拉·冈恩绘 ；周悟拿译. -- 桂林 ：广西师范大学出版社，2024.3

（魔法象. 故事森林）

书名原文: Giant

ISBN 978-7-5598-6744-5

I. ①巨… II. ①凯… ②亚… ③周… III. ①儿童小说－中篇小说－英国－现代 IV. ①I561.84

中国国家版本馆 CIP 数据核字（2023）第 254310 号

广西师范大学出版社出版发行

（广西桂林市五里店路 9 号　邮政编码：541004
网址：http://www.bbtpress.com）

出版人：黄轩庄

全国新华书店经销

唐山富达印务有限公司印刷

（河北省唐山市芦台经济开发区农业总公司三社区　邮政编码：301501）

开本：880 mm × 1 240 mm　1/32

印张：6　　　字数：97 千

2024 年 3 月第 1 版　　2024 年 3 月第 1 次印刷

定价：34. 80 元

献给萨拉·格兰特

目录

导读

有憧憬的童年是伟大的！

余力 / 儿童文学工作者

真实的故事和故事的真实都会让人肃然起敬，因为蕴含在其中的“真实”会击中每一个读到它的人。《巨人安佐》里的“真实”是一个小而又小的烦恼——长不高，或者说长得太慢会变成别人眼中的“另类”；《巨人安佐》里的“真实”是家庭和谐文化的缺失——参加漫画展不被家人理解。对于安佐来说，也就是故事的主人公“我”来说，那是一段不堪回首的黑暗岁月：个子矮、绰号缠身的烦恼，循规蹈矩的家庭氛围，都重重地压在“我”的身上，让“我”喘不过气来。

“我不是小花生！”：绰号的烦恼

给人起绰号，尤其是不好的绰号，这已经成了校园霸凌的一种形式。尽管很多时候我们意识不到被起绰号者所受到的伤害，但是伤害是的的确确存在的，尤其对一个孩子来说，处于成长关键期的每一件事、每一个人、每一种事物都会对他们产生影响。

在故事中，“我”因为个子矮被叫作“小花生”“小墩子”，尤其是同学乔什，叫得还非常起劲，丝毫不顾“我”的感受。这样的情景，是不是像极了现在的校园生活？起绰号的同学看上去都是天不怕地不怕的，自以为抓住了某个同学的特点，被起绰号的同学只能默默忍受这种语言暴力，也不能反抗什么。倘若被起绰号的人真的掉进了这个绰号所形成的泥沼里，那真的是背负着沉重的心灵负担。

起绰号的同学如果得到了其他同学的附和，尤其是得到老师无意识的默许，这又会带来更多的伤害。书中的本特利老师就是典型，她的一言一行像是火上浇油，用七个小矮人的语言和动作来强化对“我”的这种偏见，哪怕她是无意识的，也让“我”倍感压力和焦虑。

“我”目力所及，身之所处，都是一个个刺耳又烦心的绰号，心情自然放松不了。周围人的冷漠、无情、喧嚣，让“我”怎么也静不下来，更不用说去享受那些确定和不确定的快乐瞬间了。“我”所听到的话语是充满嘲讽的，“我”所做的事情是让人厌恶的。在学校的时间里，“我”带着这样的负担，怎么可能安心地投入学习呢？到最后，“我”努力地想与周围人打成一片，融入周围的环境，只想做一个普普通通的人。“我”想长高，这是“我”眼前最迫切的、最单纯的愿望。

“我想长高！”：默念的力量

“我想长得足够高，然后就能正视乔什那双愚蠢的棕色大眼睛，对他直言我对他是什么看法。我想长得足够高，这样我就可以直视任何人的双眼。”太高或太矮，都不是好状态，可是处于中间那种“恰恰好”的状态去哪里找呢？

语言拥有神奇的力量。“我想长高”这几个字就像种子一样，不断饱满，破土而出，直至长成参天大树。主人公怀揣着这神奇的魔法，去面对来自四面八方的压力。对其他人来说，这几个字算不得什么，可是对“我”来说，这是一种力量，一种值得期待的情景，是它们赋予“我”想象力，赋予“我”参与现实的勇气。

因此，“我”成了一个矛盾体：是孤独的，又不是孤独的。孤独是因为“我”与众不同，被当作另类看待，总是被排除在正常人群之外；不孤独是因为“我”拥有好友伊利斯的理解和陪伴，拥有属于自己的漫画世界。从故事中可以看出，“我”正积极地变成大家所接受的模样。当“我”在不知不觉中，也就是生物学意义上长高的时候，“我”切身体验到了高个子的神奇——不被当作小矮人对待的那种平等感。同时，长高后的我也意识到问题的根源不在体形，“一直以来，我都认为长高能够化解我所有的烦恼。而现在事实证明，有些烦恼无法撼动。”我开始将目光更多地聚焦到我所热爱且擅长的漫画领域，在漫画世界里追逐梦想。

这种自我肯定的心绪和情感是一种正向的力量。有了它们，哪怕“我”没长高，也会有能力去面对周遭的流言蜚语。真的不要小看这种自我肯定的力量，它支撑着“我”向着真善美的方向前进，而不至于变成一个问题少年。

“我想参加漫画展！”：有憧憬的童年

“我”想参加漫画展！这样的憧憬在大人们看来有些异想天开，他们甚至无意间对“我”的想法表现出不屑。孤立无援的“我”该怎么办呢？答案是：主动面对。而且主动面对不仅仅是心理上的，还有实际行动。“我”在对抗流言蜚语的时候，也在向人们展示自己要参加漫画展的决心。

这是一种由内而外发生的行为，这让“我”在家里变得不一样，甚至不被家人理解。在学校我也会积极暗示自己，让自己不滑入自怨自艾的泥淖里去。俗话说，自助者天助。“我”应该属于这类活在积极的烦恼之中的人，积极地面对烦恼，找到突破口，把自信、阳光的一面展示出来，而不是活在消极的烦恼之中不能自拔。

“我”对漫画展的向往，其实是一种想象和诗意的延伸。看上去与大人们的柴米油盐酱醋茶的现实生活相去甚远，但那是一种无与伦比的、奇特的个人体验，而且是不可或缺的。想去参加漫画展，想遇见漫画界的大咖，这是多么令人激动的事儿，就像夏日里的荷花香味一样沁人心脾，久久不会褪去。

在参加漫画展这件事上，“我”的表现可谓积极而有力量：“有那么一个瞬间，我想象自己也是那些艺术家之一，能站在自己摊位后面，和欣赏自己作品的顾客交谈。我在家时，周围每个人都在做着自己热爱的事情。现在我知道那是什么感觉了。”

只不过，“我”还是需要被看见，被鼓励。小说中的伊利斯就扮演了这样的角色，像心理咨询师一样。在“我”不太自信的时候，她总是及时出现，用雷厉风行而又信心满满的语言帮助“我”渡过一个又一个的心理危机。不敢上台讲话的时候，伊利斯说：“如果你能和整个大厅里的陌生人交流，那你就不会害怕和自己的家人说话了。”当“我”与漫画家们在一起不自信时，伊利斯说：“你就是他们之中的一员。”

“我”主动地参加漫画展，寻求有梦想的生活；“我”在这个过程中一次次被鼓励着，推动着，“心结”也慢慢解开了。著名作家帕乌斯托夫斯基在《金蔷薇》中说：“诗意地理解生活，理解我们周围的一切——是我们从童年时代得到的最可贵的礼物。”幸运的是，“我”拥有了“诗意地理解生活”的能力和行动，给自己的童年画上了浓墨重彩的一笔。

反观故事中的迈尔斯叔叔们，他们尽管有“诗意地理解生活”的意识，却没有像“我”那样勇敢地向前迈出一步。正如迈尔斯叔叔所说：“我们也从不允许去做一些冒险的事情，也不能大声喧哗，更没有任何自由。我们总被推着向前走，去做那些自己不想做的事情，以及自己不喜欢的决定。”迈尔斯叔叔们知道生活出现了裂缝，人生不应该被设限，可是他们像被一种无形的力量推着走一样，没有办法。当看到“我”有这样的努力和变化后，也对自身有了深刻的反思。或许，迈尔斯叔叔们也能改变自己呢。

对一个孩子来说，没有什么比拥有“诗意地理解生活”的能力和行动更值得大人去呵护了。这就是一种“有憧憬的童年”。每个孩子都值得拥有这样一份礼物。更何况，它还能影响大人，让大人重新审视自己的生活和理想，更好地理解孩子，理解童年。或者可以这样说，当大人和孩子一起阅读这样的作品，其实就是一种双向奔赴——因为“有憧憬的童年”让彼此变得更好。

看看这个。你也许认为这个像灌木一样的小家伙正站在森林里，周围是一根根又粗又高的树干。

那些树是我的家人。他们中间的小灌木呢？那是我。

第一章 开局并不妙

妈妈和爸爸大概也不想让我一出生就陷入难堪的境地吧。这是句公道话，因为他们生来异常高大，叔叔们也体形高大，爷爷奶奶和外公外婆也是如此。因此他们给我起名叫安佐，似乎是一件顺理成章的事。也许你不知道，“安佐”（Anzo）在古德语中是“巨人”的意思。但如果我的体形和巨人一点也不沾边，那就麻烦了。如果我偏偏还长得特别矮小，那么麻烦就更大了。如果我有一个“汤姆”这样的普通名字，乔什·格尼就不会把我举起来挂在大衣挂钩上，喊道：“现在你是个巨人啦！”

但我永远没法作出这些假设，因为我的名字就是安佐，而且我长得像一棵小灌木。

* * *

有一天，我感觉自己的运气开始变好，但那天其实有个并不顺利的开局。第一节课的课间休息快结束时，本特利老师从我身后赶上来，抓住我的肩膀。她把我推向蝌蚪班的教室，用一种对小宝宝说话的语气说："别迟到了，小家伙。"

在全星小学，所有班级按照青蛙的生命周期阶段来划分。因此，学前班和一年级是小蝌蚪，二至四年级是小青蛙，五六年级则是大青蛙。

我已经六年级了。我不是小蝌蚪，我是大青蛙。

我转过身来，本特利老师才飞快地用手捂住嘴："哦，对不起，小花——我是说，安佐。"然后她咳嗽了一声，是大人们在不该笑但又没忍住时会发出的那种咳嗽声，听起来傻乎乎的。"我好像总把你当成蝌蚪班的，对吗？"

"对。"我回答她。

本特利老师蹲下来，用她那双棕色大眼睛看着我："我非常、非常抱歉。"

"没事啦。"我说。

其实，我并不是真的觉得没关系。

让我不高兴的，不仅仅是本特利老师把我推向学前班这件事。她还正准备喊出我的外号——“小花生”。

个头不高的孩子总会有很多外号，我几乎每个都被叫过：小矮人、小虾米、小不点、小短腿……但“小花生”是我最讨厌的一个。当你个头矮小，老被别人认为你比实际年龄小五岁，当你站在交通路牌后边时，人们根本就看不到你，你可不希望每时每刻还被提醒自己有多矮。而“小花生”就是那种让你过耳不忘的提醒。

下午，学校组织我们出游，目的地是莱姆雷吉斯。我们住的小镇靠近西南海岸，每当老师想带我们去一些富有教育意义的地方出游，他们总会选择海滩。（我们学校的每个人都非常、非常擅长观察礁石中的潮池，寻找里面的生物。）

我们排队上车，杜利老师紧跟着也上了车。他走到车子中间开始清点人数。

“安佐到了吗？”杜利老师喊道。

车上的同学们哄堂大笑。

“怎么了？”杜利老师声音变得严厉起来，“安佐生病了吗？”

“他肯定是生病了，老师！他矮得不舒服。”乔什·格尼大声喊道。

如果你还没有看出来，我必须要声明一下：乔什和我不是朋友。

我从座位上站起身，走到杜利老师面前："我就在这里，杜利老师。"

杜利老师低下头说："你刚去哪儿了，安佐？你知道的，如果我们想在放学前及时赶回来的话，就得准时出发。"

大人们总是对解释不感兴趣，这是他们共同的特点。杜利老师甚至没打算去听我的回答，就已经推着我走向一个座位。这也是矮个子总会遇到的情况：大家都喜欢把你推来推去。他们好像认为，如果你个子小，你的双腿就必然需要一个助推力。

"你肯定想要一个扩音器！"当我们走在沙滩上，伊利斯这样对我说，"每次只要杜利老师找不到你了，你就可以用扩音器大喊。"

伊利斯和我从三岁开始就玩在一起。那时我们互相看不顺眼，她经常用她的熊猫玩偶打我的头，而我则用我的犀牛玩偶打回去。但自从我们发现彼此都喜欢漫画后，我们就相处得很和睦。而且，伊利斯也是不折不扣的矮个子。

“我想要的是长高一英尺[1]！”我告诉她。

“你会长高的。”伊利斯对我说。每当我抱怨自己的身高，她都这么回应。我不知道她为什么这么肯定。在过去的两年里，我的腿还没指甲长得多呢。

然后，我们刚要在海滩上寻找潮池中的海洋生物，乔什又来了，他又要开“玩笑”了。

“嘿，安佐，那里有一头很不错的驴子，你可以骑！”他向我们走来，指着远处的一条大狗。然后，我还未能做出切中要害的反击，他就大笑着跑开了。我什么反击方法也没想出来。

“别理他。”利姆说。利姆和我是同班同学，我们关系不错，虽然我们不是那种放学后还会一起出去玩的朋友。

但是，要忽略一个总在你面前晃荡的人可不容易。现在乔什走在前面，又开始发出嘻嘻哈哈的声音。

在返程的车上，我想让自己心情好一点，便拿出了我的小笔记本，把乔什画成了一头驴。他又大又笨的耳朵耷拉着。

---

[1] 1英尺约等于30厘米。——译者注（如无特殊说明，本书所有注释均为译者注）

这是我用笔进行报复的方式。乔什永远不会看到这幅画，所以这可能也算不上什么复仇。但这确实让我的心情好了一点，多少有点用吧。

我们回到学校后，这天最糟糕的一幕才真正来临。大家都飞跑去看布告栏，我才想起今天学校要公布戏剧演出的具体安排。我和伊利斯像跟屁虫一样走在后面，但并没有尽力往前挤。当你的个头只到大部分人腋下那么高，你就会知趣地站在后排等待。

“嘿，小花生，恭喜啊！”乔什话音刚落便哈哈大笑起来，听起来就像有人用吸管吸着杯底的最后一点奶昔。

伊利斯和我对望一眼。“哎，呀。”她轻声说。

哎，呀。确实不妙。乔什的笑声一直都是不祥之兆。他总是幸灾乐祸，别人越是凄惨，他越是觉得好笑。

我要再跟你声明一下，乔什跟我不是朋友。

我们凑到了布告栏跟前。负责学校戏剧演出的是本特利老师。前几年她会办试镜，后来就取消了，她说是因为不想让学生在试镜过程中留下心理阴影。但大家都知道，其实是因为之前发生了一些事情，导致再也没人愿意试镜。她也就没法继续组织了。

戏剧演出的公告几乎占了整整一面布告栏。

《白雪公主和七个小矮人[1]》

本特利老师改编

演员名单：

白雪公主：吉塔 · 娜丝塔

瞌睡虫、爱生气、糊涂蛋、喷嚏精、开心果、害羞鬼和

万事通：安佐 · 奥利弗

我没再往下看，也不确定别人看完了没有。现在不只乔什在笑，所有同学都在哈哈大笑，不论是大青蛙班还是小青蛙班，或是蝌蚪班。有些蝌蚪班的学生甚至还不识字呢。

“每个小矮人都是由你来演！”有人喊道，然后笑瘫在了地上。

“嗨，糊涂蛋！”另一个人大喊，“啊，叫错了，你是喷嚏精才对！不不不，是害羞鬼！瞌睡虫！”

---

[1] 七个小矮人，是童话故事《白雪公主和七个小矮人》中的一组虚构人物。在格林兄弟的原版故事中他们并没有名字。而在迪士尼 1937 年动画《白雪公主和七个小矮人》中他们的名字分别是 Sleepy（瞌睡虫）、Grumpy（爱生气）、Dopey（糊涂蛋）、Sneezy（喷嚏精）、Happy（开心果）、Bashful（害羞鬼）以及 Doc（万事通）。

“他一定是爱生气啦！”乔什大喊，笑到直不起腰。

我往后退，恰好撞上本特利老师。

“安佐，你看到好消息了！”她弯下腰，往后拨了下挡到脸颊的长发，她一天到晚都会做这个拨头发的动作。“我为你写了最精彩的台词，还设计了七款不同的帽子给你戴。”她用手指轻轻碰了一下嘴唇，“我可能还需要教你一点不同的说话腔调。”接着她笑容满面地说：“这次戏剧的最终效果一定超棒！我敢肯定！”

本特利老师似乎没听到大家的笑声，没听到我的最后一点自尊从运动场上滚了过去，掉进了下水道。她也没看到我满脸错愕的表情，没看到伊利斯对她怒目而视。

本特利老师这个人有点神经大条。

我想要拒绝。我想跟她说，我连一个小矮人都不想演，更别说要演七个。可是大家都盯着我大笑，还有少数几个同学流露出同情，比如伊利斯和利姆。我的脸颊越来越烫，张开嘴却说不出一个字。这时铃声响起,伊利斯拉了拉我的手说：“算了，走吧。”

* * *

后来伊利斯说服了我，我必须自己去跟本特利老师说明想法。

“你不能就这样逆来顺受！”她跟我说，“你必须跟她说，你不想演。”

“没用的。”我说。

“这是消极思维，不是积极思维。消极思维就会带来负面的结果。你不能陷在消极思维中。”

伊利斯人很好，但因为她以后想成为一名心理咨询师，有时讲话就像照本宣科。

不过，我也同意她的看法，我不能默默接受安排。所以，那天放学的时候我去找了本特利老师，但没能改变定局。可能是因为我又不小心陷入了消极思维吧。

你记不记得，你小时候通过什么方式来获取大人的关注？有时你想喝饮料，想吃蛋糕，或者想去公园玩，但大人都听不到你的想法。你必须大吼大叫，不然就是猛拉他们的袖子，拉到袖子快要断掉他们才终于注意到你。毕竟他们是那么高大，而你是那么矮小。我的情况就是这样，而且一向如此，甚至还更糟。因为当你真的只有四岁，你跟大人抱怨不公平的事情时，他们会说：“啊，抱歉，小宝贝，我们不是故意让你难过的。”或是说：“嗨，小乖乖，你刚刚是想要什么？”可是当你上了小学，你并不可爱，只是个头矮，那么这招就不管用了。大人不会再这么迁就你。而本特利老师应该就是这么想的。

她说：“安佐，这是你在全星小学的最后一年了，难道你不想在大家面前好好表现一下吗？”

“我不想。”我说。

她伸出一根手指，对我摇了摇：“我知道，你内心深处是一个小演员，非常渴望闪亮登场。”

“我没有这样的感觉。”

“内心深处。”她又说了一遍。

“我真的没有这么觉得。”

“内心深处的渴望，往往都被隐藏起来了。”

我盯着她看了一会儿，打算换一招试试：“其实，我真的不想——”

我本来打算说“我不想站在台上面对一大群人”，但嘴巴才刚张开，站在台上的画面便在脑海中浮现。我突然张口结舌，想象着全场观众的目光都聚焦在我身上，那感觉就像是我身上被点着了火，而双脚却又粘在地板上，无处可逃。我之前一直努力不去想象这个情境，而现在一经想象，那个画面便久久萦绕脑海。

“如果你看了台词觉得不喜欢，我们可以稍微改一下。”本特利老师说，“我不介意对台词做点创新的小改动。我们可以这里改一点，那里改一点，都没问题呀。”

“可我什么台词都不想讲！”我的语气大概流露出了几丝绝望，因为我确确实实很绝望。

“啊，我懂了！原来你想演默剧！”本特利老师把头发往后拨，“安佐，这是一个很有趣的想法！可能还会更好玩呢。”她正对着我说：“我是说，这可能会让我们的表演更有戏剧性。”

“不是的！我不想演默剧！我就不想站在台上讲话！我根本就不想演！”

本特利老师皱起眉头，耳廓有点发红。“小花——呃，安佐，我已经尽量顾及你的想法了，但我真的没法让你不演。你可是我构思整场戏的核心！我总不能凭空变出七个小矮人吧？”

我还想说点什么，但她看到泰勒校长的身影出现在走廊另一边。她朝校长挥了挥手，然后半侧过身回转头对我说：“听我说，每个人第一次登台表演都会有点紧张，但演出结束后，你会变得更自信。有时你只是需要再坚持一下下。毕竟，在你长大的过程中还会遇到更多这样的场合呢。”

我真的不觉得我长大以后还得演七个小矮人。但这句话还没来得及说出口，她就笑着拍了拍我的头：“不过你也别太快长大啊！为了我们这次超棒的演出，你需要保持现在这样的身高呢！”

哪怕是我状态最好的时候，也没有多么喜欢去学校。而这天放学时，我感到前所未有的开心，终于可以离开这里了。

第二章 这是我的家人

我最好先向你介绍一下我的家人，然后再告诉你那天后来发生的事情。否则你可能会以为他们只是平平无奇的人，但事实并非如此。

* * *

当你打开自家前门，你也许会听到电视或收音机的声音，会听到有人在泡茶或准备晚餐，也许还有狗叫声。而当我打开我家前门时，我听到的是噪声。是那种持续的噪声，让人耳膜震动、眼冒金星、牙齿酸胀。你会听到钻头的声音，有人唱歌、喊叫、大笑、敲敲打打。然后又是一阵歌声，在声调最高时，快乐达到顶峰。

这就是妈妈、爸爸、迈尔斯叔叔和塔伯特叔叔平时的状态：他们认为，当你可以喊出来，那么说话就是浪费时间；当你可以跑步，那就没必要走路；当你可以大笑，那就没必要微笑。他们相信，“生活应该绝对充实”（妈妈的看法），“每一秒钟都要充分利用”（迈尔斯叔叔的看法），以及“你明天可能会被一辆公交车撞飞，所以要放飞内心的热情”（塔伯特叔叔的看法）。也许你觉得这些话听起来挺有意思，对他们来说也确实如此。但如果你始终都在努力让他们听你说话，而他们却忙着充实生活，忙着利用每一刻，忙着释放激情——万一哪天被公交车撞了呢，这种生活有时并不好玩，而是令人疲惫。

迈尔斯叔叔和塔伯特叔叔并没有真的和我们一起住，他们在这条街道上合租了一套公寓。但我感觉他们就像是跟我们住在一起。大约一年前，他们决定实现迈尔斯叔叔的梦想：开一家餐馆。问题是，他们的钱不够买下一家餐馆，于是决定把我家的房子改造成餐馆。所以，我家的电钻声就像水壶沸腾的声音一样司空见惯（我的家人都有大量饮茶的习惯）。迈尔斯叔叔是厨师，所以我们全家的饭菜都是他做的（我们吃了很多试菜）。妈妈全盘负责房屋的改造工作，所以她几乎每天都神色怡然。她一直很喜欢自己动手，只要她在钻孔或钉钉子，修修补补或捶捶打打，她就非常开心。在餐厅开业之前，爸爸、迈尔斯叔叔和塔伯特叔叔仍在经营他们的面包店生意（店名是“小意思蛋糕”[1]），迈尔斯叔叔负责烘焙，塔伯特叔叔和爸爸则负责送货和市场销售。

爸爸和塔伯特叔叔也很喜欢唱歌，因此家里任何事情都有歌声作为背景音乐。他们称自己为“音量11”[2]组合。这个名字已经基本点明了他们的特点。

* * *

这一天下来，我在车上被老师忽略（这不是第一次了），听到乔什的驴子“笑话”，又发现自己被选为学校戏剧中七个小矮人的唯一演员，你应该感觉这是彻头彻尾失败的一天。但就像迈尔斯叔叔说的那样，有时酸奶里也会藏着蜂蜜。（在迈尔斯叔叔的食谱里，真的是这样。）那天下午我走进家门以后，看到大厅的桌子上放着一封寄给我的信——上面的落款地址让我心跳加速。这是国际连环漫画协会寄来的。两个月前，我在蜘蛛侠漫画的封底看到一则广告，然后参加了他们主办

[1] 原文的店名为“A Piece of Cake”，字面意思是“一块蛋糕”，但又有“小事一桩”“小菜一碟”“轻松的任务”等含义，因此意译为“小意思蛋糕”，尽量保留双关的含义。

[2] 国外的音量旋钮一般是0到10，此处“音量11”暗指爸爸和叔叔的音量超大。

的比赛。伊利斯让我寄出我画的《巨人大战史莱姆》，但我告诉她，机会相当渺茫。

我把信封拆开。他们说，我的作品进入了二十强。《巨人大战史莱姆》在八岁以下的参赛组别中获得了荣誉奖。我不敢相信自己的眼睛，也许我看错了，也许信上是说我没有获得荣誉奖。但如果没有获奖，他们又何必写信来通知我呢？我又把全文通读了一遍。这是真的——安佐·奥利弗，《巨人大战史莱姆》，荣誉奖。我总是习惯性地认为自己低于平均水平，我的身高除外，那是远低于平均水平——你已经知道这一点了。但是，国际连环漫画协会却告诉我，我的漫画作品从一千多件参赛作品中脱颖而出（一千多！），成为二十强之一，还被特别授予证书。我甚至不在乎我能不能获得冠军、亚军或季军，因为我知道得到任何名次都是概率极低的事。尽管在过去的一年半里我一点也没长高，但我忽然感觉自己好像长高了三英寸[1]。也许，只是也许，生活中有些事情开始慢慢转向积极的方向。

我向厨房走去。如果我运气好，今天妈妈应该不会正在

[1]1 英寸约等于 2.5 厘米。

史莱姆博士开始故伎重演了！
必须有人来阻止他！
哇——哈——哈——
救命！
很快……
让巨人来给史莱姆博士一点颜色瞧瞧吧！
是时候让史莱姆博士和一个差不多体形的人对阵了！
甚至，是比他更高大的人……
坚持住！
耶！

忙某项餐厅改造工程吧。

我没那么走运。

妈妈刚从厨房墙上拆下了两个柜子，正把头伸进其中一个柜子里。

“嗨，妈妈。”

我听到叮当一声，这是我得到的唯一回答。她拽出了一根钉子，然后扔到身后的地板上。妈妈不大喜欢整理，所以在我们家必须事事小心。当你伸手去拿牙刷，却发现自己摸到了一把扳手，这事儿可不是没发生过。

“嗨，妈妈。”我有时会想，父母似乎总是听不见我说话，可能是因为他们的耳朵在高处，而我的嘴巴只能从低处发出声音。也许主要是因为物理距离的错位导致他们听不到。

“一分钟就好。”妈妈在柜子里大喊，“这根钉子在跟我对着干，但别担心，我肯定能拿下它。”

我拿着证书站在一旁等待。我的家人们手头总会有事情在忙（通常声音还很大），所以我已经习惯在旁边等他们放下手中的活计。

终于，妈妈从柜子里探出了头，告诉我：“不知道这是谁安装的，仿佛就等着让人来修似的。这真该让人骂骂，他们用的是石膏板螺丝钉，而不是机械螺丝钉！简直难以置信！”

我完全听不懂她在说什么，但尽量露出震惊的表情。

她在长裤上擦了擦手。妈妈总是穿一种特定的制服，比如紧身裤或牛仔裤，再搭配一条头巾，上面有些奇形怪状的图案（像钻头、锤子或钉子，甚至可能有她刚说的机械螺丝钉），还有一双颜色鲜艳的运动鞋。我可以看出她又要把头重新伸进柜子里了。妈妈只要上手一项工作就不喜欢停下来，会一鼓作气地完成。

我把证书拿出来：“我今天收到了这个。”

妈妈低头瞥了一眼。

猜猜她说了什么？

A. **嘿，我们必须庆祝一下！我们要去参加。让我们去必胜客，把菜单上的所有东西都点一遍！**（这是错误选项。）

B. **哇！我真为你感到骄傲，安佐。**（这是错误选项。）

C. **你是全世界最棒的连环漫画画家！**好吧，也许这一项还有点希望。（还是错误选项。）

以上选项全错。妈妈说的是：“这个比赛应该竞争非常激烈，安佐，别难过，荣誉奖也不错呀……”

我就知道！我正准备告诉她，这已经不错啦，这其实已经是非常好的结果了（超过一千件作品参赛呢！），但这时她又开口了，好像是想尽快结束这个话题。

“你能帮我把十字螺丝刀拿来吗？我应该是放在楼上了。”

我猜她从没听说过国际连环漫画协会（这可是漫画界最了不起的组织）。也许她只是满脑子都想着厨房的柜子。我想过跟她开口解释，但后来我想起了以前我试着跟家人们说起我的漫画是什么情况。他们总是会说：“这很好啊，你能把那个锤子递给我吗？”（妈妈）或者：“这让我想起，我有次在鲍德温先生的光头上涂鸦，我有没有跟你说过这事？”（塔伯特叔叔）或者：“我不知道你是遗传了谁的天赋。哦，是的，我想应该是像我吧！”（爸爸）于是我去给妈妈拿来了螺丝刀，然后把装着荣誉奖的信封带回了自己房间。

我甚至希望我压根儿没跟她说这件事。这样我就可以独享这天的一点点蜂蜜了。

第三章“好”还不够

爸爸和他的弟弟们都对“不同凡响”怀有执念。在他们看来，我们不应该只是努力做得“不错”，而是应该努力成为“了不起”的人。也许这就是他们一直互相较劲的原因。他们在所有事情上都会互相竞争——真的是所有事情。有一次我们在超市，塔伯特叔叔说他购物速度最快，所以应该把这个任务交给他。爸爸和迈尔斯叔叔当然不会毫无异议地接受。他们让妈妈把购物清单分成几个部分交给他们。然后，妈妈和我不得不看着他们的脑袋在过道上方来回移动，因为他们都在以最快的速度推着购物车行进，在蔬菜和冷冻食品之间来回穿梭。这就像看着三座加了轮子的路灯在运动。你可以看到，其他顾客也被吓坏了——我看到四个人舍弃了他们的手推车，悄悄离开现场。

爸爸排第一名，仅以三秒之差领先。但塔伯特叔叔和迈尔斯叔叔抱怨道，爸爸清单上的东西最容易拿到，而他们还必须拿水果和蔬菜去称重。他们还想再比一轮，但商场经理听到了他们的谈话（整个商场应该都听到了，他们争论的音量让人很难充耳不闻），并吓唬他们说要下一道禁令。

这种事情可谓稀松平常。对爸爸和叔叔们来说，即使是晚餐前摆桌子准备吃饭，也能成为一项竞技运动。

妈妈不像爸爸和叔叔们那样争强好胜，但她是一个完美主义者，而且真的很喜欢自己动手做事。这就是为什么她想仅凭一己之力完成我们的餐厅改造工程，而她爱极了这项挑战。她除了一手包办，还是一手包办。

这一切都意味着，想让我的家人认可或惊叹都相当困难。因为他们的共同信念是：要做到出类拔萃，要最大限度地挑战自我，还要独当一面。你很难让他们把你的话听进耳朵里。

* * *

在收到获得荣誉奖通知信的那天晚上，我下楼吃饭时感到有点紧张。我不知道妈妈会不会提起这件事，而我也不知道自己是否应该提一下。这是不是我向他们展示自己的机会，说明我并非完全低于平均水平?

从厨房门后传来一阵噪声，感觉门链都有可能被炸断。我偷看了一下。爸爸和塔伯特叔叔正在用最大的音量唱着猫王的《蓝色绒面鞋》。他们一边把自制的意大利面条挂在椅背上晾干，还挂了一些在妈妈准备改成架子的木板上。迈尔斯叔叔正用一把大刀切菜。看着他的样子，我为蔬菜感到一阵忧伤。妈妈把头伸进了另一个柜子里。也就是说，这是一个再寻常不过的夜晚。我摆好了桌子，妈妈和迈尔斯叔叔并没有注意到我。然后，我坐在餐厅里等待的时候，爸爸和塔伯特叔叔先进来了。

“你的和声在合唱的时候有一点走调。”爸爸对塔伯特叔叔说。

塔伯特叔叔在房间中间定住，抓住爸爸的胳膊，露出惊恐的表情：“我吗？我的和声唱错了吗？我亲爱的哥哥，你完全失去了你的音乐头脑吗？”

爸爸笑了起来：“才没有呢，但你可能已经失去乐感喽。”

塔伯特叔叔用手捶着自己的胸口：“哦，冤枉啊！残忍啊，冤枉啊！残忍啊，冤枉啊，还有——”

“肉酱来了！”迈尔斯叔叔宣布。他手里拿着一个大盘子走了进来。妈妈跟在后面，她的手里还拿着一把锤子。

我坐了下来，爸爸和塔伯特叔叔走过来视察肉酱的情况。虽然他们在厨房里帮助迈尔斯叔叔（迈尔斯叔叔称他们为副厨），但迈尔斯叔叔才是真正做出一大桌子菜的人。

“这是什么肉酱？”爸爸将信将疑地吸了吸鼻子。

迈尔斯叔叔自称是“创意”厨师，他的一些菜品比较成功，有一些则不然。

迈尔斯叔叔吸了吸鼻子，很不高兴地说：“这就是一道完美的普通肉酱。当然，它的不平凡之处在于，它非常完美。”

爸爸嘲讽地叹了一口气，坐了下来。

迈尔斯叔叔补充说：“我还加入了一丁点烟熏黑线鳕鱼，这个做法可太天才了。”他一边说着一边开始上菜。

“哦，亲爱的黑线鳕鱼已经上天堂啦！”塔伯特叔叔哀叹。

“你可真是没想象力。”迈尔斯叔叔对他说。

“你做山葵小蛋糕生意时也是这么说的。想想后来发生的事，简直是灾难！”

妈妈笑了起来：“好吧，迈尔斯暂时还只拿我们做实验，我不介意。只要我们在餐厅开业时能拿出一份基础菜单就行。”

“在我看来，我们已经有了一份基础菜单。”迈尔斯叔叔说，“基础菜单可是我的天才之作。”

“是的，小迈。”爸爸说。

迈尔斯叔叔气鼓鼓地吸了吸鼻子：“当我拿下第一颗米其林星时，你可就笑不出来了。”

“不，我们到时候肯定光顾着目瞪口呆了。”爸爸压低声音，对我眨眨眼。

我们开始吃饭。肉酱味道还不错，虽然后味有点奇怪。我等待着，想看看妈妈会不会提起我的荣誉奖。我向她展示的时候她没有什么反应，可能是因为她打算最后再向所有人宣布。

但是，爸爸开始讲起故事来了，说他在当地书店听到一个顾客一直想要“莎士比亚那本关于赛车的书”。塔伯特叔叔也跟着讲了一个故事，说他在大学里演《哈姆雷特》时裙裤掉了下来，他决定即兴发挥，假装自己本来就没穿裤子。然后他们都决定说出自己记得的莎士比亚名言，看看能记得多少（其实并不多）。而且他们是用西班牙口音在背诵（我都不记得他们怎么又扯上西班牙了）。他们一个个笑得东倒西歪。我唯一成功参与的谈话是，塔伯特叔叔问我，我们有没有在学校表演过莎士比亚的戏剧。我回答道：“没有。”

最后一点肉酱下肚时，我意识到妈妈不会再提我的信了——我也不会再提了。我无法面对接下来可能出现的局面：爸爸和叔叔们会比妈妈更加不屑一顾。

也许，就是因为“荣誉奖”还不够好。我必须再加把劲来引起他们的注意。我必须努力，让自己变得与众不同，就像我的家人们一样。

第四章 幸福是什么

我回到楼上，沉下心来画新漫画的下一段内容。有些人通过听音乐放松，有些人通过踢足球或玩电子游戏放松，我则是通过画漫画来放松。我大约是在六岁时喜欢上漫画的。塔伯特叔叔送了我一本史努比的漫画书，书名是《幸福是……一只温暖的小狗》。书名中的一串点宛如一个小缺口，正是这样让我感觉书名更像一个问句——幸福是一只温暖的小狗吗?（我当时才六岁，对此深信不疑。或者，我想幸福也可能是巧克力冰激凌吧。）我翻来覆去地读这本书，并开始自己临摹其中的一些人物画像。后来，过了一段时间，我开始创作漫画故事。（我的第一个故事是《甜甜圈狗》，你应该不难猜到，故事主角是一只喜欢吃甜甜圈的狗。）我先拿给家人看，他们虽然微笑着点头回应，但似乎从来没有真的当回事。所以，又过了一段时间以后，我不再给他们看任何作品，只和伊利斯聊一聊我的漫画。虽然我的家人们总把“放飞内心的热情”挂在嘴边，但伊利斯比他们更能理解漫画带给我的快乐。这也许是因为伊利斯决定成为一名心理咨询师，由此她一直在研究幸福感的来源。她认为，如果能了解幸福如何产生，就更有可能帮人们找到幸福。

我喜欢画漫画，这是我最热爱的事情。我可以从一帧画到下一帧，故事就在其中一步一步演绎，我喜欢这种发展方式。如果只画一幅画，笔下的画面就从此定格，凝固起来。但是，漫画中的一切都在流动，而且变幻莫测。当我一年多前不再长高的时候，我认识到了幸福对我而言是什么模样。幸福不是让事物一成不变，而是让一切变幻无穷。而这也意味着，我还能继续长高。因为，如果我能和家里其他人一样高，或至少不比他们矮那么一大截，他们可能会更愿意倾听我说的话，我和他们站在一起的情景也会更和谐一点。我会脱颖而出，而不是像现在这样毫不起眼。

* * *

我最新的连环漫画题目是《孤独的巨人》，我刚画到第二页，就听到了电话铃声。我接了起来。（一般情况下，家里只有我能听到铃声。）

“喂？”

“话说，我在我家发现了一本书。”是伊利斯的声音。（她总是这样直入主题。一方面是因为她从那声“喂”就能听出是我，另一方面是她知道没有自我介绍的必要，因为她知道我知道只有她会给我打电话。整个“我知道/她知道”的默契正是我们友谊的基石。朋友之间总有很多心照不宣的事情，而这些都不必说得明明白白。）

“然后呢？”

“我正随手翻着我家的书，发现有一本你可能用得上。你懂的，这本书里有你想要的东西。”

我坐直身子：“是吗？”

“书名是《积极思考的力量》。”

“哦。”我又瘫倒在床上。

“别早早就下定论说这是本垃圾书。先给它一个机会吧。”她说。

只要有人需要帮助，巨人就会找到他们……
谢谢你，
巨人！
不论你的个头多小，
巨人都能听到你的声音！
呜
呜——
呜——
巨人可以眼观四路，耳听八方！
呜——
但是……有没有谁能
听到巨人想说什么呢？

"我可没这么说！"

"你说了。你'哦'了一声，我可知道'哦'的潜台词是什么。"

（这就是"我知道/她知道"中不太妙的一面。）

话筒那边传来伊利斯手镯晃动的声音。她每只胳膊上都戴着大约50个手镯，总是叮当作响。我就像是和一组风铃在做朋友。

"书里提到，"伊利斯继续语气坚定地说，"一心一意地念诵你的目标，就可以有好的成效。"

"那是什么意思？"

"也就是，如果你一直念诵'我想长高'，你就真的会长高。"

"就这么简单？"

"就这么简单。"

"这话我已经说了很多年了。"我告诉她。难道伊利斯真的认为，自言自语就能让我心想事成吗？

"是的，但不是重复两遍就管用。"伊利斯回答，"书里说，要想让念诵发挥作用，你需要重复成百上千次才行，而且要真正地集中意念去想自己的愿望。"

我什么也没说。我想象着这样一个画面：我在学校里念念有词，然后沦为大家的笑柄。我想说，虽然他们本来也会取笑我，但我不需要额外再给他们一个嘲弄我的理由。

“你不用大声念出来。”伊利斯仿佛有读心术一样猜到了我的心思，“你也不需要一直重复，只要把这当成早晨第一件事和睡前最后一件事就可以。”

“成百上千次才行。”

“你能说多少次就说多少次。”手镯又开始叮当作响——这说明她现在变得很兴奋，因为她意识到我开始认真考虑这个问题，“而且，你念诵时得在脑海中描绘出心愿中的画面。”

“你是说，我要想象自己变成高个子的样子？”

“没错。”叮叮当当的声音再次响起——我猜她正在点头，“你想想，为什么不试试看呢？哪怕这听上去不太可能，但不妨一试啊，万一成功了呢？”

她说的这两句话已经让我无法反驳了。

* * *

因此，我决定试一试《积极思考的力量》。我的意思是，伊利斯是对的——反正试一试也无伤大雅。也许，只是也许，还会有点时来运转的功效呢。

首先，我念了二十遍“我想长高”。我感觉有点傻里傻气。但在我差不多念到第三十遍的时候，我逐渐掌握了念诵的窍门。我试着把重音落在不同的字上。

我想长高。我**想**长高。我想**长**高。我想长**高**。

这听起来简直像某种音乐的韵律。我一边念，一边用手指在大腿上打着拍子。

我想长高……**我**、**想**、**长**、**高**……**我**、**想长**、**高**……

最后我已经不知道自己念到了第几遍。但早晨醒来时，我的脑海中还萦绕着这首吟诵之歌。

我想长高，我想长高，我想长高……

我扔掉被子，跑到我放卷尺和铅笔的地方。（如果你是我这样的身高，你肯定也会这样做。）我靠在门后，给自己量身高。

我连一毫米也没有长。

我想长高，我想长高，我想长高……

也许我不该盼着身高在一夜之间就发生变化，这是个愚蠢的想法。

甚至，这事的可能性其实完全为零。

第五章 每个家庭都不同

我之前说过，伊利斯已经很明确她长大后要从事什么工作。这可能是因为伊利斯的父母都是全科医生，而且都在同一家本地诊所工作。（她爸爸最喜欢开玩笑说：“我们还真是相看两不厌呢。”）所以伊利斯认为给人们带来幸福感是件好事，这是她在成长过程中耳濡目染的观点。（这也确实是件好事，这是无可非议的。）但是，她不想成为一名治疗身体疾病的医生。尽管她对身体的运转原理非常感兴趣，但她一看到血就会头晕想吐。因此，她打算从情感和精神方面入手，帮人们提升幸福感。她关心其他人，而且也有明确的目标，这些都很棒。但这也意味着她会经常提问：你现在感觉怎么样？

她也经常以“幸福课题”为名，在我们身上尝试不同的疗法。这些方法有时效果明显，有时收效甚微。例如，她向西莉亚·万斯蒂德推荐了舞蹈疗法，却忘了西莉亚的手脚协调能力几乎为零。（西莉亚后来在尝试跳爵士舞时摔了一跤，扭伤了脚踝。）

总之，伊利斯的家庭与我的迥然不同。首先，我家的房子里堆满了木板、锤子、钉子和各种工具（妈妈的），堆满了关于餐厅的表格（爸爸和塔伯特叔叔的），还有厨具和异国调味香料（迈尔斯叔叔的）。而伊利斯家的房子却是一派整洁，简直让人目瞪口呆。她家不仅房子收拾得井井有条，她家人做一切事情也都是这样的风格。每个人都清楚地知道自己每个时间段该做什么。如果有一天伊利斯忘了带体育课装备，她的父母肯定会记得提醒她。我并不是说她肯定会忘记，她就像她的父母一样——她从不忘事儿。（她到现在都记得，我们七岁那年，我在她的独角兽漫画上加了一只甜甜圈狗。我认为甜甜圈狗能让整个画面更好看，她并不这么认为。她后来一个星期都没搭理我。）

伊利斯的父母会在便利贴上写出他们整整一周的计划。他们的晚餐计划写在黄色便利贴上，购物清单写在蓝色便利贴上，每周任务则用绿色便利贴。甚至，他们记录假期活动也会用到便利贴（粉红色）。

还不只是便利贴这么简单呢。他们家书架上的每本书都按照作者姓名和主题来摆放。衣服全折叠起来放在抽屉里，或是按照颜色和季节分类挂在衣柜里。他们春夏秋冬会用不同的橱柜，有一次我听到伊利斯的爸妈在谈论他们需要一个"过渡季节"的柜子。后来伊利斯的爸爸表示没有地方放，这项讨论才告一段落。

我们在家每天吃的东西都是迈尔斯叔叔当天拍脑袋想出来的，而伊利斯家的菜单会在周日晚上制定完毕。如果星期四那天你想吃芝士焗通心粉，而便利贴上写着炖鸡肉，那你就得以便利贴的意见为准。在他们家,谁也不会和便利贴争论。

她家还有很多传统。比如，他们会在星期六晚上吃中餐外卖，然后一起观看一部家庭电影；他们每次外出度假时，都会带上一套 500 块的拼图；还有，他们会在每年第一个冷到需要生火的夜晚烤棉花糖（在八月）。他们有很多平凡美好又能慰藉人心的家庭传统。

我家并不兴传统这一套。我的家人更倾向于"自然而然"的活动。迈尔斯叔叔说，如果你要遵守传统，就意味着你没法临时起意去做一些有趣的事情。比如，有时你去海滩，只是因为阳光特别灿烂，或是因为你那天醒来时心情特别舒畅。但是，伊利斯曾跟我说过今年她第一次烤棉花糖的事情，她妈妈不小心把棉花糖掉在灰里了，但她还是吃了下去，因为这可以增强免疫系统。我忍不住觉得，遵守传统也可以妙趣横生。上次我们“出门度过自然而然的有趣一天”，我和爸爸妈妈、叔叔们带上了露天烧烤的全套装备，一起前往海滩。因为雨下个不停，我们只能转移阵地，到汽车的后备箱去烤汉堡。烟雾缭绕,我们都咳嗽连连。而且在之后的整整一周里，车里都还残留着汉堡的味道。这就是家人们让我头疼的症结所在。他们只顾着率性行事，从没想过要查查天气预报。他们什么都不会想到去查。

显然，伊利斯的看法恰恰相反。她喜欢我家的“自由自在”，而且总有新鲜事上演。她说，来我家做客就像是看一场喜剧排练，而且是超一流的那种喜剧。

也许她说得对。但是，我经常感觉自己好像是唯一没被分配到角色的那个人。

* * *

上学的路上，伊利斯一个劲地给我读《积极思考的力量》

中的片段。你不仅仅只是念诵就行了，显然，你还必须把头脑中的消极想法赶出去，然后腾出空间留给积极的想法。这和伊利斯那个“把消极想法关起来”的理论如出一辙。

“‘消极想法就像滚雪球，会越滚越多，最后就会变成一个烂摊子。很烦人，很讨厌。’”伊利斯说。

“这听起来就像乔什·格尼。”我告诉她，“我到底要怎样才能摆脱他啊？”

她翻开了一页：“‘你要提醒自己，一切皆有可能。’”

“除了长个子这件事。”

“这就是为什么我们要先读这本书！为了让你长高！你得相信这些话，安佐！”

“对不起。”我和伊利斯是老朋友了。我知道她一旦下定决心，就连牛也拉不回来。如果有一股七级以上的大风吹向伊利斯，而她决定挡住风的去路，我打赌伊利斯会赢，而不是风。

“你今天早上有没有反复念诵你的愿望？”当我们走过校门时，她问。

“有，老妈。”

她扬了扬眉毛。“这个笑话很有趣。”她举起书，在我面前晃了晃，“放学后我们再集中学习其他章节。还有好多要学的呢。”

我看到本特利老师就站在运动场的对面。“你说得对。”我说，“还有很多事要做。”

* * *

世界上可能还有很多事情比《白雪公主与七个小矮人》的排练更可怕。但因为我要扮演的是所有七个小矮人，那天下午我实在想不出有什么事情能比这更糟糕。首先，每当本特利老师叫出“瞌睡虫”“爱生气”“糊涂蛋”“喷嚏精”“开心果”“害羞鬼”和“万事通”这些名字的时候，每个同学都看向我，交头接耳地偷笑。当她隔三岔五喊出这七个名字中的某一个，总会引发很多人暗暗哄笑。我试着让自己从这一切中抽离出来，在心里默默地念着：

我想长高，我想长高，我想长高……

但是，每一阵哄笑声接近平息的时候，乔什总要低声说出一些关于“糊涂蛋”或“爱生气”的玩笑话，然后哄笑声又会卷土重来。最后，本特利老师不得不发表她“鼓舞人心”的演讲。她在演讲过程中做了很多次甩头发的动作，双手按在胸前，好像她正在承受痛苦。（不过，面对一群来自小青蛙班和大青蛙班的孩子演讲，可能确实很痛苦——如果乔什在她的视线里，那百分百会很痛苦。）

“孩子们，”她说，“我想提醒你们，我们排练这场演出是为了感受舞台上的快乐。”

“是的，没错。”我小声对伊利斯说。顺便说一句，伊利斯被选中出演“魔镜”，所以她得站在镜子后面，不能被观众看到。而索尼娅·塞萨则在镜子前跳来跳去，说：“魔镜魔镜告诉我，谁是这世界上最美丽的人？”伊利斯则只要记三句台词就可以了，而我大概要背七百万句吧。

这就是伊利斯。她仿佛天生就是幸运儿。她一直跟我说，你必须先感觉自己是个幸运儿，然后就能真的成为幸运儿。但我不知道怎样去感觉自己很幸运，就像我不知道怎么积极思考一样。

本特利老师把双手按在胸前，这说明我们即将听到她演讲中最激情澎湃的部分。

她的语气火急火燎，如果她是在告诉我们身后起火了，那就再合适不过了：“如果你们嘻嘻哈哈，如果你们没有集中注意力，如果你们没有百分百地投入到这场演出中，那你们不仅辜负了我的期待，辜负了整个学校的期待，你们也辜负了自己。”她这样对我们说着，眼睛眯成了一条缝。她紧紧抓着衬衫最上面那颗纽扣，仿佛哪怕只是想象一下这种大规模的失望，就已经让她痛苦不堪。

可能事实的确如此。过去三年来，本特利老师一直负责学校的戏剧演出，而每年的表演都麻烦多多。（当全校很多学生都表示不想参演时，你就知道情况很糟糕了。）第一年的戏剧是《柳林风声》，本特利老师希望能演四场。但在第一晚，演蛤蟆的同学在上场前喝了太多的芬达，总是说着说着台词就打起嗝来。我们的校长决定，一场演出足矣。第二年是《睡美人》，哈泽尔·加德纳扮演公主的时候真的睡着了。（其实是因为大家一直都在忘词，所以演出中有很多长长的留白时间。）最后，王子不得不大声叫醒她，而不只是吻醒她。去年，本特利老师认为也许一部音乐剧可以在学校扭转乾坤，因此她选择了《雾都孤儿》[1]，但在全星小学演出音乐剧可真不是个好主意。因为，在我们学校几乎没人有音乐细胞。我知道有些人可能会认为，人人都能成为表演家，只要他们有足够的时间练习，并得到指导。但你可以信我一句，这些人肯定

[1]音乐剧《雾都孤儿》是一部百老汇音乐剧，根据狄更斯的小说改编。导演卡洛·李在1968年改为同名的歌舞电影，该片获得第41届奥斯卡金像奖的最佳影片。

没有来过全星小学。（学校的名字很容易让人产生误解。）而且，这里大多数学生都五音不全，正是因为大家都心知肚明，所以少数会唱歌的人也就默不作声。可能是因为，要在一波又一波的错误音符中坚持不走调，实在难于登天。

因为大家实在唱得不怎么样，本特利老师把大半排练时间都用来不断更换演员。最后，在演出当晚来到现场的家长中，有五组家长都以为自己家儿子是主角。虽然演出门票是以筹款形式售卖，但演出结束后仍有一些家长要求退钱。（玛丽亚·莱特福特的父亲说，他不想“再出钱赞助，让这种灾难式演出再次发生”。）

所以，现在你应该理解，为什么本特利老师对排练音乐剧表现得兴致索然。

本特利老师每年的演讲都会比往年更催人泪下，去年她甚至还泛起了泪花。大家都知道，今年的演出是本特利老师的背水一战。显然校长已经警告过她，如果这次演出仍然没有突破，那今后所有的戏剧演出都将被取消，这笔经费将被用来购买新的电子软件套装。

本特利老师现在站得更加笔直。她的演讲已经到了调动我们演出热情的部分。这段演讲中，她不再把双手按在胸前，而是换成了拨头发的动作。“这次戏剧演出肯定会非常引人入胜、妙趣横生、感人肺腑。”她说。

“肯定会妙趣横生——因为有小花生！”乔什喊道。又爆发出一阵笑声。我与伊利斯交换了一个眼神，向她做出我的经典表情：“为什么他偏偏出现在我的生活里？”她回了一个表情：“他总有一天会消失的”。然后她敲了敲额头，这是在提醒我，现在可以试试她的一种治疗手法。如果你敲击你身体上的一些“压力点”（这些压力点随机分布在你的额头或手腕等位置），你就会感到平静，能够更好地处理问题。我试过几次，但我感觉敲击额头并没让我在面对“乔什问题”时能好受一点。

“乔什，这种评论没有意义。”本特利老师说。

“对不起，老师。”乔什说，“我只是开个玩笑。真的，我不是有意要让安佐难过的。”他的眼睛变得又大又圆又悲伤。我有没有说过，大人们都认为乔什特别可爱？尽管他其实是史莱姆，但他有办法在必要时刻让自己看起来像个天使。本特利老师自然也被他的外表蒙蔽了。

“没关系，乔什。”她说，给了他一个微笑，就是你会对小仓鼠做出的那种微笑，“只是你要记住，我们得小心顾及别人的感受哦。”

这恰恰就是典型的成年人行为。本特利老师让我扮演所有七个小矮人的时候，并没有顾及别人的感受，对不对？

* * *

“那除了念诵以外，这本书还说了什么？”我和伊利斯在操场上散步。在我们第一次排练结束前，乔什那张高高在上的脸始终映在我的脑海中，之后这段回忆也仍在困扰着我。

“嘿，小花生，我想他们还忘了另外一个小矮人的名字。”他说话声音很小，这样本特利老师就听不到，但其他同学都能听到。“不是还有一个叫小墩子的吗？”然后他就发出那种吸奶昔一样的笑声。其他人也都跟着笑起来，除了我和伊利斯。如果我是一个巨人，我一定会把他拎起来放在篮球架上，让他在那上面待上一整晚。

“书上还说，你必须把所有的消极想法都从头脑中剔除。”伊利斯在我们转过拐角时说。

“你这话都说了好几年了。”

“没错，这个心理学技巧很常见呀。”伊利斯说。有时她说起话来像是四十五岁，而不是快满十二岁的样子。“但书里也说，你必须敞开自我，去迎接积极的开端。”

“我对积极的结果比较感兴趣。”我告诉她，“比如，我长高了。”

“只要把这件事加入你的日常生活轨道里就行。”伊利斯对我说，“就像洗脸刷牙一样日常。”

我有点惊讶她没把这件事写到便利贴上。

第六章 并非人人都是乔什

为了不让你认为我一直过着悲惨的校园生活，现在我要跟你说说和美术有关的事情。我这里说的是学校的美术课，而不是美术这个大概念。（那得花太多时间解释，而且我不确定，广泛了解史努比、凯文和跳跳虎[1]以及漫威漫画，是否算得上是美术造诣。）美术是我最喜欢的科目。这应该在你的意料之中，因为你已经知道我喜欢画卡通漫画，也喜欢制作漫画。给我们上美术课的是布朗老师。所有老师中，我最喜

[1]《凯文和跳跳虎》又名《卡尔文与霍布斯虎》《凯文的幻虎世界》，是美国卡通漫画家比尔·沃特森所绘制的每日连环漫画，1985 年 11 月 18 日首发，1995 年 12 月 31 日完稿。该漫画常常被称为“最后一部伟大的报纸漫画”，并且广受欢迎，影响深远，也在学术界被广泛研究。

欢她。不仅仅是因为她教美术这门科目，还因为她不会反复提到我的身高。即使其他老师在身高这件事上对我也很友善，但他们总会不经意地让我更加在意自己很矮。例如，我们可能正在做一个关于罗马人的项目，需要用纸浆和细钢丝做一个罗马士兵的模型（杜利老师让我们做的每个项目都是用这两种原材料）。当时杜利老师需要从一个较高的架子上拿点东西，他就会说："安佐，你能不能伸手去拿——"然后他就会停顿一下，看着我说："对不起，我刚没想到。你肯定拿不到，别在意。"正是这类事情让我觉得，我的外表确实影响了每个人对待我的方式。不论伊利斯、利姆和其他几个同学怎么说，也是于事无补。我不喜欢别人高人一等地跟我说话，这里说的不只是身高方面。

但在美术课上，布朗老师从没让我们去拿过东西。她只是让我们坐下，动手做自己的项目。她会一直在我们旁边踱步，提出一些建议。她还安排了我们的座位，因此我一直都坐在离乔什及其跟班很远的地方。而且，我和伊利斯、利姆、西莉亚·万斯泰德和芬恩·阿切贝坐在同一桌。这些同学从不和喝奶昔的乔什一起大笑，他们也不会叫我"小花生"。我们在画画的过程中一般都会讨论漫威电影，或是我们想拥有怎样的超能力。

“我肯定会选飞行能力。”利姆说，“就是说，哪怕你遇到麻烦事，也总可以逃出来，对吧？”

“我选隐身术，绝对的。”西莉亚说，“如果他们看不到你，就抓不到你啦。”

“我想变成橡胶人。”芬恩说，“有任何人想抓我，我都可以跳过去！”

“我想变成巨人。”我说，“如果有人想抓我，我就可以把他们都压扁。”

伊利斯扬了扬眉毛：“你们有没有意识到，你们说的答案都有大问题？”

“如果要成为超级英雄，战胜坏人就是使命，伊利斯。”利姆说。

“我以为超能力是用来帮助别人的。”伊利斯说。

我听到乔什的奶昔笑声从教室另一边传来，我们都交换了一下眼神。

“是的，但首先要战胜坏人。”芬恩说。

如果我们每天都有美术课，全星小学应该就不会让我特别反感了。

第七章 念诵的力量

“啊哈！是小安佐，对吗？”我走进厨房吃晚饭时，爸爸这样喊道。

我什么也没说，因为我知道他也没有真的等我回答。这只是我们家庭小剧场的开场表演而已。我笑了笑,坐下来观看。

塔伯特叔叔咧开嘴笑了:“你这算不上苏格兰口音吧?”

就这样，他们的表演拉开了帷幕。

爸爸的眉毛高高扬起，他换了一种更端正的坐姿，就像是俱乐部里的保镖一样。他盯着塔伯特叔叔，换上了一副嘲讽的表情，表示愤慨之情:“你是在质疑我作为一名演员的能力吗?”

“没错！”塔伯特叔叔伸手捏住了爸爸的脸颊，就像是捏小婴儿的脸一样。

爸爸把塔伯特叔叔的手打开，转向妈妈：“我的爱人，我亲爱的，快把我从这些无法分辨苏格兰口音的白痴那儿救出来！他们肯定连哈吉斯[1]都不知道呢。”

妈妈哈哈大笑：“你才不需要拯救，你只要闭嘴就可以了。”她走到他身边，用屁股撞了撞他，他转过身对她笑起来，伸出胳膊揽着她的腰。我知道很多同龄人可能不喜欢看到他们的父母秀恩爱，但我很喜欢看他们这样。塔伯特叔叔开始躲在爸妈的身后，煞有介事地假装演奏起了浪漫的小提琴。

“省省吧。”爸爸对他说。然后又转向我：“他就是嫉妒，你懂的，因为我收获了你美丽母亲的爱。”

“哦，别说了。”妈妈说。

我曾想过要不要加入他们的对话。也许我可以告诉他们，布朗老师是怎样表扬我在美术课上“透视做得非常好”的。或者我可以告诉他们，伊利斯说她认为我最近的漫画作品是我的巅峰之作，甚至超越了《巨人大战史莱姆》。但当我还在

[1]哈吉斯是一道苏格兰菜肴名称，用羊胃、羊心、羊肺、羊肝等制作而成，被称为苏格兰“国菜”。

试着想出最恰当又最有趣的表达方式时，我感到我又开始浑身发热。这时塔伯特叔叔已经开始假惺惺地哭诉起来，说他从未赢得像我母亲那样的好女人的芳心，而迈尔斯叔叔已经到门口了。

“都给我坐下！”迈尔斯叔叔吼道。他把一个大锅搬上了桌，稳稳当当地放好。“做好准备，你的味蕾将会得到前所未有的满足。这是全世界最好的蔬果凉拌菜。”他像乐队指挥一样挥舞着手里的大勺，“可以想见，这将是我们餐厅的一道招牌菜。”

塔伯特叔叔假哭的声音戛然而止。他又讲起了故事，关于他在墨西哥的一间后厨里曾尝过的一种辣椒。酒保向他发起挑战，要他一口气吃完十份辣椒。“我当时一个劲地放屁，简直可以用作太空火箭的燃料！”

大家全笑得合不拢嘴。我环视着整个桌子时不禁想到，作为这个家庭的一员是多么幸福啊——他们是如此有趣，又总有说不完的故事。

我又怎么可能比得上他们呢？

* * *

那天晚上我一直念叨着“我想长高”，大概念了七百次吧。

实话实说，可能其实不到七百次，但反正是很多次。我还试着在脑海中描绘出自己长高以后的模样，每当有负面想法闪入脑海（通常和乔什有关），我就试着把这个念头赶出去。我想变得和其他家人更相似，对我来说，这就意味着成长。他们身材高大，所以能确切又清晰地知道自己的一切感受和愿望。他们身材高大,所以在别人面前说话时永远不必感到紧张。如果你很高，大家通常都会仰视你——这里说的是两种意义上的“仰视”。

在接下来一周左右的时间里，我养成习惯，一有机会就念诵这几个词。很奇怪，这几个词开始带来一定的安抚作用。

我想长高……**我**、**想**、**长**、**高**……**我**、**想长**、**高**……

我的头脑里好像装进了一个敲出节奏的小小鼓。

我想长高……**我**、**想**、**长**、**高**……**我**、**想长**、**高**……

我发现，如果乔什就在我旁边，我只要在心底默念这几个字，就几乎可以无视他的存在了。

* * *

后来，有天早上我在刷牙时（**我想长高**，**我想长高**……）突然意识到了什么。我打开了浴室的壁橱门，里面放着牙刷和牙膏。我没有伸手去拿，而是站了一会儿，试着去想清楚。

我是不是记错了柜子的高度？可能妈妈曾经移动过柜子，把这作为房屋改造项目的一部分。我走到大厅，对着楼梯下方喊了两声。

“妈妈？”（如果你认为我这样很没礼貌，你应该知道，在我们家里大喊大叫并不是没礼貌的表现，因为这是唯一的沟通方式。如果你不扯着嗓子喊出来，根本没人能听到你的声音。）“妈妈？”

“什么事？”楼下传来一声巨响，妈妈好像把一件很重的东西扔到了地上。可能是她的钻头吧。她会把钻头塞在睡衣口袋里，以备不时之需。除了她，我没听说过谁会这样做。

“你有没有移动过浴室的柜子？”

“没有。”

“好吧，谢谢。”

我回到浴室，又伸手去开柜子。我确信，我不用踮起脚尖就够得着柜门的把手。妈妈没有移动过柜子，这说明只剩下一种可能。

我飞快地跑回自己的房间。就是在这儿。这就是我发现真相的地方。门后有铅笔做的标记，记录了我的身高。在我五岁的时候，我相信自己随时都可能蹿得像爸爸妈妈一样高。

直到某天我终于放弃了测量，不想再让自己因此而感到忧伤。

我转身背靠着门，把一支铅笔放在头顶上。我把铅笔往后推，旋转了一下笔尖，这样就确定我画下了一个标记。然后，我又做了一次深呼吸，再次转过身去。

我长高了。

我长高了！

好吧，严格来说，我其实还是非常、非常矮。但我还是比之前稍微高了那么一点点。

* * *

那天早上，我在去学校之前一直念着“我想长高”，一共 274 次。我耽误了时间，没能去叫伊利斯一起上学，所以她来叫我了。不然，我本来可以念到 275 次。

“我长高了！”我一出家门就说。

“等等，站着别动。”伊利斯往后退了一步，眯起眼睛看我，她略带怀疑地点了点头，“是的，好像是。”

“不，不是好像，是肯定。”我告诉她，我站在门后量过身高了。

“所以《积极思考的力量》真的有用？”她的语气听起来很震惊。

“不是你认为有用的吗？”我想说，我不得不承认，我其实并没真正想过这会有效果。但我认为伊利斯真的这么认为。她是个幸运儿。她总是积极乐观。她相信好事真的会发生。她总会给人带来好心情。现在看来，她也的确让我的愿望成真了。

伊利斯把一个手镯推到手臂上。“我希望会有效果，但是……”然后她转向我，咧嘴笑了，“这真是太好了！”

“对。”我已经在想，这天晚上我可以念诵多少遍了。

伊利斯开始加快步伐：“所以，如果你继续念诵，继续想象，并且一直保证你脑海中不会有消极想法出现，你可能……嗯，你可能很快就会长高一大截！想想吧，那时你会多开心啊！”

我简直迫不及待了。

第八章 越长越高

当然，不会有人注意到我长高了。这是因为，如果你像我这么矮小，仅仅是几毫米的差别根本不足以引起注意。乔什现在叫我“小墩子”——这似乎成了“小花生”的替代称号。“小墩子”并没有好听到哪里去。这甚至让我怀念起自己被称为“小花生”的日子，至少是坚果大家族的一员。

* * *

这段时间，本特利老师试着在排练时教我七种口音，好让我扮演的每个小矮人说起话来都有不一样的腔调。

结果她发现我并不擅长模仿口音。我说澳大利亚口音时听起来像瑞典人，我模仿法语口音时却听起来像俄语。一段时间之后，连我自己本来的口音都听起来像是在鹦鹉学舌。而本特利老师似乎并不在意，这让我开始焦虑。不管我嘴里冒出哪句台词，她一直都在说：“不错，不错。”

她决定把七个小矮人的人形纸板放在舞台上。她的设想是，每当我站在每个小矮人面前，这个小矮人就会“活动起来”。她说，这能让我从一个小矮人切换到另一个小矮人，从而增加喜剧效果。我试着去跟本特利老师说，我认为我的演技不足以胜任，但她似乎对我的话充耳不闻。

“来吧，安佐，让我们看看你最大程度的努力。在人形纸板之间练习你的动作。”

我确实努力尝试了，也许我根本就不该去尝试。因为这虽然让她很开心，却给了我一种厄运即将到来的感觉，我预感其他人会爆笑不止。

她告诉我：“这部作品会是一场让人拍案叫绝的喜剧。”

她的意思是，每个人都会肆无忌惮地嘲笑我，而演出会因此大获成功。这会让大家把以前的那些演出都忘到脑后，这样她就会获准继续负责学校的戏剧演出。

所以，《积极思考的力量》这本书和我迄今长高的几毫米，已经是我现在仅存的希望。我只能硬着头皮继续演下去。

* * *

我多想一夜之间就长高啊。我每晚都增加念诵的次数，后来只要“我想长高”这句话浮现在脑海，就会伴随着一阵像跳踢踏舞一样的节奏。但我等了两个星期才看到我的身高有了明显变化。每天早上我都会自己测量身高，虽然不是每次都能看出我长高了多少，但每到周末，我的身高增长就已经很明显了。就这样，我一毫米又一毫米地越长越高。

“你已经长高很多了。”有天早上伊利斯对我说，“也许你不该念那么多遍。”

“伊利斯！我还想长得更高啊！两英寸还不够，还要长高很多才行！”我不敢相信自己的耳朵，“我还以为你会为我感到高兴呢！”

“我是在为你高兴，我是呀。”伊利斯说。她伸出手来拽着我的胳膊，她的手镯叮当作响：“但你也别老想着长太快，否则你的骨头承受的压力可能就太大了。”

因为伊利斯的父母都是医生，所以她知道很多关于健康和发育的知识。但她有时也会告诉你一些你并不太想知道的事实。比如，当你要吃一个汉堡，她会告诉你身体代谢饱和脂肪的过程——这很有趣，但我的身体正处在代谢过程中时，我并不想去思考这些事情。我现在同样没心情去探究，快速长高是不是一件百分百的好事。在我看来，在最短的时间内长得越高越好，这绝对百利而无一害。我想长得足够高，然后就能正视乔什那双愚蠢的棕色大眼睛，对他直言我对他是什么看法。我想长得足够高,这样我就可以直视任何人的双眼。

伊利斯肯定从我的表情猜到了我的内心活动，因为她又用手肘轻轻推了我一下："对不起。你说得对，这真是一件很棒的事。我只是没预料到你长高的速度会这么快。"

"也没有那么夸张。"我说，"甚至连我爸妈都没有注意到呢。"

"但他们是任何事都注意不到——"

"关于我的吗？"我打断了她的话。

她对我做了一个鬼脸:"我不是这个意思，安佐。我是说，餐厅之外的任何事情都得不到他们的关注。"

这和我说的差不多就是同一个意思嘛。

第九章 七个小矮人落幕了

除了伊利斯之外，第一个注意到我长高了的人不是妈妈也不是爸爸，更不是迈尔斯叔叔或塔伯特叔叔，而是本特利老师。这一点也不让人意外。当你让六年级最矮小的学生同时扮演七个小矮人，并以“喜剧”效果为核心来排练整场演出，这个小矮人忽然长高时你肯定会注意到，他的身高变得和白雪公主差不多了。

在复活节假期结束后的那个星期三，我们正在排练。本特利老师把我叫过去：“安佐，你是穿了一双和以前不同的鞋子吗？”

我摇了摇头：“没有啊。”

她的眉头皱了起来，好像我给了她错误答案似的。我猜，在她看来，我给出的答案就是错误的。

“你——长高了吗？”她提出的这个问题，仿佛是在问我是否犯了什么罪。

“是的。”我说，“应该是长高了一点吧。”

“我明白了。”本特利老师沉默良久，我感觉有一个世纪那么漫长。我几乎能听到她内心的独白。

哦，不，可别像《雾都孤儿》那次一样，又换演员啊！

“好吧。”她改用更明快的声音说。她向后拨了拨头发，摆出一副鼓足勇气的样子，“我想你应该不会继续长高了吧，小孩子不会一刻不停地长个儿的。”

“这不就是小孩子的特点吗？”我说，“他们不是一直都在长高吗？”

本特利老师脸上泛起红晕。“嗯，是的，当然，但他们并不会只从一个……非常……呃……”她的眉毛向中间皱了起来，出现了一条细纹，“我是说，孩子，不，大人也一样，不会长得那么快。但现在这个时候，也许你登台演出时可以稍微弯曲一点膝盖？只是为了让你看起来——还是确实适合出演这些角色。”

“好的。”在这个时候，《白雪公主和七个小矮人》已经不再让我担忧。我相信《积极思考的力量》，我也相信我的口号（**我想长高，我想长高，我想长高**……）我想，本特利老师日后肯定得有所行动，这只是时间早晚的问题罢了。

* * *

不过，她几乎快到期中假期才真正采取行动。（那时我已经又长高了三英寸。）本特利老师当时已是一副心绪不宁的模样，她每次看到我，两眼之间的细纹就会变长变深。这条细纹的生长速度可能和我长高的速度一样。离放假还有两天，她终于忍不住了。

“安佐，我可以和你谈一谈吗？”

我在某种程度上替她感到难过。她想把这次的表演打造为一部优秀的喜剧，也的确为此付出了不少努力。但话说回来，她也是在努力把我打造成一个谐星。

“这可能会让你感到难过，安佐。”本特利小姐说，“但有时在演艺界，嗯……”

我打算让她好过一点：“你是不是要说，我不用参加我们接下来的演出了？”

她用力抬了抬眉毛：“哦，我明白了……嗯，好吧，事情是这样的，当我选中你来演这些角色的时候，呃，你是很合适的人选。但现在，你的身高忽然迎来了生长巅峰……”

“我已经不再是出演七个小矮人的最佳人选了。这没关系的。”

她两眼之间的细纹隐去了：“你不介意吗？”

“不介意。”我说。我在想要不要告诉她，让我（再次）沦为全校的笑柄，并不是我来这里接受教育的目标之一。但我想，有些时候缄口不言才是上上策。

“我想说，我知道最开始，你一登上台就会紧张。但是，最近的排练中，我真的感觉到你一直都乐在其中。”

她说对了，我是挺乐在其中的。我已经不再为演出而忧心，因为我知道我迟早可以撂挑子不演了。每当乔什出现在我的视线之内，我就集中精力在脑海中念诵，然后和伊利斯、利姆他们谈笑风生。（利姆在后面的情节中也会加入演出，他扮演猎人这个角色。）到目前为止，我感觉排练都挺愉快的。但现在我也很高兴这一切要告一段落了。

“说实话，这真的不要紧。”我说，“也许我可以做点后台工作，或在其他地方帮帮忙。”

“安佐，你真大度。”本特利老师说。她露出了笑容，我从未见过她对我露出这样甜美的微笑，这个微笑仿佛是发自内心的。然后，她发出了一声尖尖的笑声。“哦，你听到我说的话了吗？你真大肚！”她说，然后又咯咯笑起来，“这个谐音听起来很有趣。”

我笑不出来。我正忙着消化她说的话呢。她叫我“大肚”之所以是个有趣的说法，不是因为我和“大”不沾边，而是因为我现在已经变得高大了。

另一个想法忽然蹦入我的脑海。在我开始长高之前，我每周至少会听到一位老师冷不丁地叫我“小花生”。现在已经好几周没出现过这种情况了。

“安佐，你还好吗？”本特利老师正盯着我看，她的眼睛之间又出现了那条细纹。

我咧嘴对她笑了笑：“是的，我挺好的。”我不仅感觉很好，我还感觉自己很高大呢。

本特利老师最后从一年级选出了七个男孩扮演小矮人，而且把他们的台词删得所剩无几。他们要做的只是上台表演，展示可爱的戏装就够了。他们不用模仿任何口音。

第十章 再也没有小墩子或小花生

我又长高了一英寸之后，爸爸妈妈才终于注意到我身上发生的变化。

“所以，安佐你现在进入了飞速发育期。”有天晚上，塔伯特叔叔这样说道。

“是的，我——”

“这么看来，你很快就会比我们还高啦。”迈尔斯叔叔把一个大砂锅放在桌上，示意大家坐下来。

“这是——”我刚刚开口，但是没有人听到我说话。

“我不想被反超。”爸爸一边说着，一边拿了一个盘子，“他至少要到 21 岁，才能在任何一个方面超过我。否则世界秩序就乱套啦。”

“一派胡言。”塔伯特叔叔说，“他在任何领域都会比你强。这可不是什么难事。”

“这话太狠了！”

妈妈笑了：“我记得我长高那会儿，我的奶奶认为我是因为吃了很多苹果，所以个子蹿得飞快。”

迈尔斯叔叔张开双臂：“你说到点子上了！安佐长高了，这可全得归功于我顶呱呱的厨艺啊！”

“我们现在称之为烧香肠的玩意儿，就是你的厨艺代表作吗？”爸爸问。

妈妈大笑起来：“你别理他，迈尔斯。你的厨艺是一绝，所以我们才要把全家的未来都投资进去。”

然后，话题转到了他们刚开始长高的年龄，以及他们当时吃了什么。还有，迈尔斯叔叔是否算得上一位优秀厨师，还是说他只是在烹饪猪肉时运气不佳。

我坐在那里听着。他们的谈话内容让我意识到，他们并不是一直都特别高大。他们都像我一样，经历过一个突如其来的生长高峰期。我长高的事实可能与我的念诵毫不相干。但我仍然没有参与到他们的谈话之中。虽然现在我已经长高了，我的嘴巴距离他们的耳朵更近，但他们好像对我的声音依旧充耳不闻。

* * *

有那么一段时间，学校算是唯一还不错的地方了。有天乔什叫我“小墩子”，西莉亚·万斯蒂德转过身说：“但是，安佐现在一点也不矮墩墩了，对吧，乔什？”我真希望我能用相机拍下他当时的表情。

乔什皱了皱眉头，但他不能说什么，因为西莉亚·万斯蒂德说的是事实。

就这样，“小墩子”和“小花生”的故事到此落幕。

这个进展可谓非同寻常，我本打算花更多的时间来庆祝一番。但是，伊利斯仍然对我忧心忡忡。她开始在图表上输入我的体测数值，嘴里念叨着我的长高速度有多快，骨骼承受的压力又有多大。

“我不知道你为什么要担心。”我说，“这又不是我能控制的事情。”我解释了家人们以前长高的历程，他们长个子的方式简直如出一辙。伊利斯承认，在她和她妈妈聊过这事之后，她开始怀疑念诵可能和我长高没有必然关系。（后来我们发现，伊利斯的父母认为念诵不过是帮助我们创造积极的心态，不太可能真正改变你的体格——不过伊利斯对此仍持保留意见。）虽然我仍然感觉“我想长高”这个句子有时还会萦绕脑海，但这更多只是习惯使然。事实上，不管我是否继续念诵，我都在长高。

“我只是担心你长高的速度太快了。”伊利斯说，“我不希望你的健康受影响。”

“我很健康啊。”我说，“我只是长高了一点。”

但问题是，随着时间一周又一周地过去，我明显不只是长高了一点——我长高了很多。

* * *

在那段时间，长高带来的好处简直数不胜数。

谁也不会再叫我“小短腿”“小墩子”或“小花生”。他们叫我“安佐”，甚至会用更好的方式来叫我：“还好吗？”“还好吗”是只有那些酷酷的孩子才会得到的问询。“还好吗”意味着被大家接受，意味着我不再是一个异类。

还有其他好处。

我不用踮起脚尖也能打开柜子。

公交车司机不再对我说：“哦，你好啊——我差点没看到你站在下面。”

在出游的大巴上，我再也不会在统计人数时被漏掉了。

乔什不再把我当成座位扶手。

当我和伊利斯一起走在街上，大家不会再以为我是她的弟弟。

在那段时间里，长高让我得到了梦寐以求的一切。

第十一章 金色门票

我收到了国际连环漫画协会的第二封信，当时我想信封里肯定是些宣传册，推广他们举办的一些培训课程。我猜可能是因为我得过荣誉奖，所以我的地址就在他们的邮寄名单上。只要想到自己在名单上，我就很开心。对我来说，国际连环漫画协会简直是至高无上的权威。

但这次的信封里装的不是小册子，而是一份邀请函，邀我去参加他们的漫画展。因为我在上次的比赛中赢得了荣誉奖，就可以享受半价优惠。

我把邀请函迅速浏览了一遍。漫画展两天后就要举办了。在日程安排中，我看到了关于绘画技巧的研讨会和讲座、漫威原版漫画展，还有和职业漫画家杰西·爱德华的对谈活动。（杰西·爱德华是漫画界绝对的头面人物——他曾经为漫画界的一些大人物画画！他简直是传奇人物。）甚至，所有出席活动的人还能参加一场专门举办的漫画比赛。如果要出门的话，我应该想不到比这更激动人心的行程安排了。比起寻找潮池中的海洋生物，这要好上一千倍。但是，举办漫画展的那家酒店离我家有250英里[1]。即使我可以享受半价折扣，这也要花不少钱。我把信对折起来放进口袋。超赞,没错。能去吗?不能。除非我能摇身一变，成为真正的巨人。

我漫无目的地走到了爸爸称之为“机会之地”的区域。换句话说，其实就是未来餐厅的用餐区。妈妈把我们家旧客厅和餐厅之间的墙壁打掉了，这片区域将被作为餐厅的主厅。（所以我们现在只能在厨房吃饭，在楼上空出的房间看电视。）妈妈上周还一直在给新墙涂石灰。现在如果你打开前门，不仅会被一片面粉云朵环绕，旁边还会伴随着一团团石膏灰尘。有那么几天，爸爸、迈尔斯叔叔和塔伯特叔叔甚至都不像以前那样聊天了。他们害怕会弄得满嘴都是粉末。但是，我的

[1]1英里约等于1.6公里。

家人们哪怕只是咳嗽一声，都比其他人更响亮。

他们的宏伟计划还有个问题：他们还没有敲定餐厅的名称。我走进来的时候，他们又在讨论这个问题。情况和平时并无二致——都挺糟糕的。

“我们一直都是这样想的呀，我们的餐厅应该叫‘心之所向’！”迈尔斯叔叔这么说着，而我正坐在妈妈那架梯子的一级踏板上，“我是说，我们之前花了好长时间才想到这个名字啊。”

塔伯特叔叔哼了一声：“餐厅的名字应该和胃有关，而不是和心脏有关。食物才是餐厅的主题！”

“那么，我猜你想出的名字是‘胃之所向’。”迈尔斯叔叔把脸皱成一团，“你这缺乏诗意的灵魂啊。难怪你做不成大厨呢。餐厅的名字需要诗一般的意境，还必须构思精妙，品味高雅。”

“‘小饭家’怎么样？这听起来朗朗上口，还挺有诗意。而且顾客一看就知道是什么意思——这显然是一家餐厅嘛。取名工作搞定了。”塔伯特叔叔摊开双臂，好像在说“哦耶！”。

“我的，名字，不是，小饭。”你简直可以看到迈尔斯叔叔气得耳朵都冒烟了，“而且我们要经营的这家餐厅，可不是只让顾客吃饭的啊。”

“那他们吃什么啊？”塔伯特叔叔看上去真的很迷惑。他转向爸爸，让他帮忙解释。

爸爸哈哈笑了起来。当迈尔斯叔叔和塔伯特叔叔之间发生争吵，通常都是爸爸来做协调。但我感觉他也喜欢先观战片刻，就像在看娱乐电视节目一样。

“他们会津津乐道，品尝我的各种作品，鉴赏我的天才厨艺！”迈尔斯叔叔向塔伯特叔叔挥舞着木勺，仿佛准备展开一场决斗。（他总有炊具在手，就像妈妈手里总拿着锤子或钻头一样。）

“好吧。那就叫‘美味家’怎么样？”塔伯特叔叔说。

迈尔斯叔叔戏剧性地吐出了一句话：“什么？我刚刚说什么来着？”

“也许我们需要再考虑一下。”爸爸说，“我想你们俩还没完全调到一个频道呢。”

“我们甚至都不在同一个电台！”迈尔斯叔叔哼了哼。

妈妈说：“‘美味食光’怎么样？但‘食光’两个字要用拼音，就是‘Shi-Guang’。”

“这听起来像一本儿童读物！”迈尔斯叔叔有点烦躁了。

他情绪逐步变糟的时候，你往往能够看出来。他做奶酪酱时，如果速度太快而导致结块，他就会陷入这种坏情绪中。

“也许可以用一道招牌菜来作为这家餐厅的名字。”我说。

爸爸笑了：“我觉得你不应该参与进来，安佐——我们已经有太多想法了，简直让人眼花缭乱。你就别掺和啦。”

也许爸爸只是在开玩笑，但他恰恰点出了问题所在——我被排除在讨论之外了。显然，我以后也只能一直处于这种状态之中。

第十二章 往事重演

我以前梦想着长高的时候，总会想象这样的场景：只要我长高了，乔什就不会再纠缠我，因为他已经不能再嘲笑我体形矮小了。有段时间我的体形尚且介于矮小和正常之间，他对我的嘲弄确实或多或少有所收敛。或者说，他努力想出的那些绰号，对我来说已不那么贴切。但现在，我的身高又开始以另一种方式引人注目，乔什便又开始寻找其他笑料。

你注意到了吗？我说的是“其他”笑料，而不是“新的”笑料。

有天早上我走进教室，他说：“嘿，你在那么高的地方，感觉天气怎么样？”

这是个老生常谈的问题。千百年来，傻子们都会这样问身材高大的人。但还是有几个人对这样的陈词滥调偷笑了好几声。

对乔什来说，听到这样的偷笑就像是食人鱼嗅到了几丝血腥味儿。

他环顾四周，然后又抬头看了看我："嘿，站那儿当路灯的感觉怎么样？"

也许有些人能非常风趣地回答他的话。就像在电影中，英雄会遭到敌人的嘲弄，并且总能用一句机灵的俏皮话扭转局面，这样大家就都会和英雄同仇敌忾。

问题是，写这些剧本的人大概得花几个月的时间，才能想出这种机灵又俏皮的台词。而留给我的，大约只有两秒钟的时间。

我盯着他。我比他高这么多,我多希望这能让他自觉闭嘴。

但他只是抬头冲我咧嘴一笑，然后环顾四周，期待能再多听到一阵笑声。我可以看到，他的所作所为又变得和我长高之前并无二致。他简直像是需要得到所有这些关注，然后才能让他自己长高。

* * *

我的身高增长还没显示出任何要停止的迹象。我最初真是满心喜悦，但现在我开始意识到，“物极必反”这话也有几分道理。

我的头第一次撞上了门框，这可是件趣事——我甚至感到很开心，因为这说明我已经是大高个了！但后来这种情况反复出现，而且在哪里都会发生。当我走进教室，当我乘坐公共汽车，甚至当我走进自己卧室时，我都会撞到头。

而后突如其来的是，我必须坐在教室的最后一排了，因为我会挡住其他同学看黑板的视线。（其实除了老师之外，没有谁会介意。）这些日子以来，课桌下的空间已经放不下我的两条腿了。我只好侧着坐，或者只能在课桌下面蜷着腿。但这会让我的膝盖总被课桌剐到。现在，我因为身材高大，被擦伤仿佛成了无法逃避的命运。

乔什也坐在教室后排。他忽然就开始把我当成了每时每刻的攻击对象。你能听到的所有关于《杰克与豌豆》的笑话，在一天之中就会被他说个遍。当然，他在笑话里总是把我说成巨人这个角色，或是豆茎。我感觉这些笑话仿佛无穷无尽。

体育课也成了一大烦恼。我不是伊利斯那样的幸运儿，这学期的体育课主要是做我不擅长的田径运动。比如让我害怕的跳远。有些人认为，腿长的人必然擅长跳远。（几乎所有人都这么想。）问题是，我的腿似乎根本不明白自己肩负的职责。如果我们也可以用“愚蠢”来形容身体的某些部位，那么我的腿就是当之无愧的“愚蠢”。

“来吧，安佐，给我们展示名副其实的一跃吧！用你的豆茎魔法！”我站在队伍中等待着，还没有轮到我，但内森就在这时插嘴嚷嚷起来。

内森是乔什的朋友，这意味着他和我不是朋友。你可以轻而易举地成为乔什的朋友，你只需要在每次得到暗示（乔什吸奶昔一般的笑声）的时候大笑就够了，然后跟随乔什的脚步，一起嘲笑他当天选中的目标（通常是我）。

“来吧，爬上你的豆茎！”内森又说。乔什和他的朋友们有这么一个特点，当他们想出了一个笑话，就会像复读机一样喋喋不休。如果他们觉得自己找到了一种引人发笑的套路，他们就会一直重复，直到把最后的一滴幽默感都蒸发殆尽。对我们其他人来说不幸的是，他们似乎永远感觉不到幽默感的消失。

“轮到你了。”乔什似乎是好意提醒我。他仿佛觉得身高影响了我的视力，好像我看不到利姆已经从前面跳远的地方走开似的。当我准备就绪，利姆向我竖起了大拇指。我还能看到，芬恩站在乔什后面挥手鼓励我，而乔什正斜着眼睛看我。伊利斯露出了她的招牌笑容，仿佛在说“冲呀”。如果她对我露出这种笑容，通常说明现在的情形已是希望渺茫。

就像我刚刚说的，你也许认为腿长的人就能跳得更远，但我的情况并非如此。无论我的双腿是长是短，它们都不会配合我。刚轮到我的时候，杜利老师的话又证实了这一点。

“别担心，安佐，你以后只要适应自己的体形就会好的。”他喊道。

我想，他应该是怀着善意说出了这句话。但是，所有人（嗯，乔什、内森以及几个女孩）都认为这话很好笑。

我的体形似乎总会成为一个大问题。我不是太矮就是太高，身高总会成为我的障碍，让我无法达到“恰恰好”的状态。

第十三章 来自朋友的小小帮助

在之后那节美术课上，我告诉伊利斯、利姆和芬恩，我收到了漫画展的邀请函。说完，我又感到几丝后悔。

“你一定要去啊！”伊利斯的手镯发出一阵叮叮当当的响声，像是兴奋得要从她的手臂上滑落下来，“这简直太棒了！”

“那可是 250 英里之外的地方。”我告诉她。

伊利斯盯着我：“漫画是你最热爱的事情！你得到了邀请可以去参加这个集会，你却又说不能去。其实坐趟火车也就能到了啊。”

“你绝对应该去！”利姆靠过来说，“你可能会遇到漫威的员工，说不定他们还能给你介绍工作机会呢。”

“你们是不是没注意到啊，我还是未成年人呢。”我说，“而且，我还在上小学。”

利姆耸了耸肩：“话虽没错，但现在你真的很高啊，你看起来有点成年人的样子了。”

伊利斯转过身来看着我，她的眼中闪烁着光芒：“确实是这样，不是吗？”

我看着他们，以为他们在开玩笑，但他们都没有笑。我的身高一直都和茶几差不多，现在他们说我可以假装自己已经成年了？

“是的。”芬恩也点了点头，“我妈妈跟我说过一个喜剧演员的故事，他大概在 13 岁时就开始写喜剧段子赚钱了。他只不过是在放学后或吃早餐的时候写一写，然后就真的名声大噪。”

“他叫什么名字？”利姆问。

芬恩耸了耸肩：“我不知道。我的意思是，他可能在老一辈里很出名，对我们来说就是另一回事了。”

“安佐绝对可以去漫威公司画漫画。你看，这简直画得太赞了。”利姆指着我为《白雪公主》绘制的海报。在我的笔下，小矮人被画成了身穿斗篷的小小超级英雄。我还给白雪公主画了不少肌肉线条，她看上去仿佛可以打败蜘蛛侠了。我不知道本特利老师会怎么看待这幅画，但布朗老师说这是“非常具有创意的作品”。

“你可以在自己选定的领域开启职业生涯了。所以，如果你不去的话，就会错失大好机会。”伊利斯说。

“我真的不觉得我去参加漫画展就能拿到一份工作。”

伊利斯扬起了一边眉毛。（我有没有提到过她的这项能力？她还能让鼻孔一张一翕，让耳朵来回动。她真的天赋异禀。）然后，她给了我一个“引经据典”的表情：“有志者，事竟成。”

“你是真的背过《积极思考的力量》吗？”

“没有，我只是一直密切关注这本书。你也应该这样做。”

“暂且不说找工作这回事。”芬恩说，“那你也还是应该去啊，因为这肯定是件开心事。”

“对啊，你可以和很多喜欢画斗篷的人一起玩。”利姆在我的胳膊上捶了一下，笑了起来。

“反正，我家里人是不会同意的。”我说，“他们一直在忙餐厅的事情，焦头烂额的。他们不会让我一个人去的，对吧？而且这还要花不少钱呢。”

“首先，你甚至都没问过他们。”伊利斯说，“其次，你可以用折扣价，对不对？”

“你至少应该先问问他们，老弟。”芬恩说。

利姆点了点头：“问了以后，最糟糕的情况又能怎么样呢？”

这种说法一直让我有点不爽。一般来说，我才不愿去想象可能出现的最坏情况呢。因为有时候这些预想确实会应验。

“你可一定要问啊。”伊利斯说。

她的这句话，并不是一个问句。

第十四章 有时我宁愿自己错了

我想，如果我试着在晚餐时间说出口，胜算可能会更大。他们四个人中，总该有一个人认为这个主意不错，是不是？

我想错了。

“一场展览？你为什么想去参加展览这种活动？”爸爸说，“安佐，信我一句，展览一般都超级沉闷。我自己也参加过几次，都是推不掉才去的。其他人都只会不停地说话，说话，说话。”

“也就他这么觉得罢了。”塔伯特叔叔说。

“哈哈。”爸爸说，“你可真是一如既往的机智过人。”

妈妈正在往自己的碗里盛一些迈尔斯叔叔新鲜研发的“招牌菜”——黄豆配苹果、芹菜、甜菜根和花生。“而且那个地方实在太远了，安佐。肯定得有家里人陪你一起去才行，而我才刚刚动手把厨房里的新柜台装上去。”

“那个柜台并没有让我做菜更方便一点。”迈尔斯叔叔告诉她，“没有像样的工作台，你们又怎么能指望我创造出厨房奇迹呢？”

“所以这就是你所说的，”爸爸指着那道招牌菜说，“一项‘厨房奇迹’。好吧，我想光是你能决定把这些原料堆在一起，就已经是一个奇迹了……”

“你可不能用这种方式跟我们的餐厅主厨说话。你需要借用我的想象力。”

“我们当然需要。”爸爸说，“只是可能用不上你那过盛的想象力哟。”

迈尔斯叔叔哼了一声，好像受到了冒犯似的。但我看到，他也向妈妈眨了眨眼。迈尔斯叔叔一般都不会生气，除非他本来就心情不好。也许是因为，他和爸爸以及塔伯特叔叔总是相互竞争，相互贬损，他们的脸皮都已经锻炼得很厚啦。不知道为什么，虽然乔什已经嘲笑我六年了，我还是一直都达不到他们这种境界。

就从这里开始，我们的对话开始偏离我所想的主题。

“坐火车的话，就没那么远。”我很小声地说。我本想让自己的声音大一点的。

“这可能是个骗局。”塔伯特叔叔说，“他们会先把你骗到那里，然后开出天价的账单。”

“这个票价已经包含展览现场所需要的所有开支了，而且我拿到了很优惠的折扣。”我说，“我觉得，也许其他开支可以用我的生日礼物和圣诞礼物抵消。”我又转向妈妈和爸爸说：“而且，我之前已经攒下了一些钱，比如生日……”但我没能说完，因为塔伯特叔叔已经一把抓起我放在桌上的信，扔回给了我。

“安佐,你相信我吧,这根本不值一去。你也没有那么想去，对吧？我是说，我知道你小时候喜欢看动画片，但那都是多少年前的事了啊。”

我静静地看着他。他甚至把他送我的那本史努比也忘得一干二净了。

妈妈俯下身来拍了拍我的手。“你可能觉得你有义务去看看，对不对？不要担心，这种组织可能把邀请函寄给了成百上千的人，他们可能向每个人都提供‘折扣价’。”妈妈的手指在空中做出双引号的手势，“他们想让每个人都觉得，自己是享受特殊待遇的那一个。组织方根本不会在乎你到没到现场,他们可能根本不会发现你没去。如果你不是真的那么想去，就不应该被这种义务感推着硬去。”

我静静地看着她。她甚至不记得我收到的那份荣誉奖了。

“但是——”我想要开口解释。我想告诉他们这对我意味着什么，以及国际连环漫画协会到底是个怎样的组织。这时，爸爸加入了对话。

“好吧，如果你只是感觉收到了他们的邀请就应该去，别担心——我们能帮你全身而退的。你不用去的。好了，问题解决！”他两手一拍，转向迈尔斯叔叔，“我们有没有可能吃到甜点？”

“那可不是一般的甜点。”迈尔斯叔叔说，“今晚的甜点非比寻常。”

爸爸和塔伯特叔叔马上开始猜测这份甜点的真面目（“冰激凌青蛙腿！”“蓝莓西兰花三明治！”），他们全都开始转移话题。

我从座位上猛地站起身：“等一下！”

他们转过身来看着我，都闭口不言，等我开口。我感觉自己的皮肤和耳朵都在发热，我的嘴也忽然开始发干。

“怎么了，安佐？”迈尔斯叔叔说。

“没怎么。”我说，“都挺好。”我从桌上拿起信，塞回了口袋。然后我就上楼回到了自己的房间。我甚至没有多待一会儿，也没想去看看端上桌来的神秘甜点是什么。

第十五章 人群中的孤单

我没有告诉伊利斯，我曾经尝试说服爸爸妈妈让我去漫画展，而我的努力却以失败告终。这可能是因为，如果伊利斯在我这样的处境中，她一定会据理力争，达到自己的目的。这也可能是因为，伊利斯也没法理解我为什么不能跟家里人解释，让他们明白这件事对我有多重要。这还可能是因为，我甚至没跟伊利斯说过，家人们对我的漫画其实不甚了解。可能正是基于以上原因，我才没有跟她说吧。

最重要的原因是，我知道伊利斯会说很多话来回应我，而我并不想听。

我越来越明白，虽然我现在对敌人来说更加显眼，但在我家人眼中，我仍是一个小透明。妈妈、爸爸、迈尔斯叔叔和塔伯特叔叔——他们从未真正了解过我。

一直以来，我都认为长高能够化解我所有的烦恼。而现在事实证明，有些烦恼无法撼动。

* * *

我听到本特利老师邀请布朗老师为《白雪公主》安排布景，便马上走到她们面前问道：“我能帮上忙吗？”

“这个工作量很大哦。”布朗老师对我说。她看起来有点迟疑。

“我不介意的。”我说，“我可以在午餐和课间的时候来帮忙。”

“我感觉他真的很想参与这次表演，而现在他已经没有在剧中出演角色了。”本特利老师对布朗老师耳语，但比她平常说话的声音更响亮。她歪着头看我。显然，她认为自己观察敏锐，又体贴入微。“你懂的，放弃这么重要的角色，他肯定很难受。”

布朗老师面带微笑地看着我，她迅速对我眨了眨一只眼。我想她应该知道，让我放弃小矮人的角色压根儿没有让我不快。但她真的很高兴我能来给她搭把手。原来，她组织了一个社区艺术项目。这是她在校外志愿发起的，所以她平时总是忙个不停。“安佐，你肯定会大大缓解我的压力。”她告诉我。

其实布朗老师也大大缓解了我的压力，不过她没有意识到而已。如果伊利斯注意到有什么不对劲（所有事都逃不过伊利斯的法眼），她就会开始提问。而我还没有做好心理准备来面对她的一连串问题。伊利斯提问有个特点，她在提出问题时通常心里已经有了答案。而我百分百还没有准备好去面对这些时刻。

我和布朗老师一起绘制布景，整个过程很有趣。她告诉我，我主动来帮忙真是太棒了，因为必须要有个身高足够的人才能绘制最顶上的部分。

“我们有些人在身高方面可没有这么天赋过人。”她微笑着对我说。

我站在她身旁时才意识到，对于一个成年人来说，布朗老师并不算太高。这个观察很有意思，我以前从没注意到她原来这么小巧。这一定是因为，她的个性让她的形象显得很高大。

* * *

我一有空闲就在学校画布景，在家的生活也很正常（家里其他人都嗓门很大，幽默感十足，而我就像隐形人一般）。几天后，我才意识到这种生活其实有点孤独。当你被那些总是很开心的人包围，你反而比孤身一人时更容易感觉孤独。这真是件怪事。

我开始出现睡眠问题。我上床以后，一直在胡思乱想。我会想到漫画展，还有我最近创作的漫画。我会想到乔什和他的笑声，以及他如何不停想出新绰号来称呼我（比如长颈鹿、大鸟、摩天大楼、伸展带）。我会想到我的家人，想到我好像找不到和他们展开对话的方法。我会想到伊利斯，想到她如此煞费苦心地帮我变得快乐，结果却只看到我的痛苦仍在延续。有天晚上，我走近时钟收音机想看看时间，最后却打开了收音机，这样就有人声陪我了。我就在那时发现了“夜猫子鲍勃”。“夜猫子鲍勃”是一名 DJ，他主持一档深夜节目。他会在歌曲播放的间隙邀请人们拨通热线电话来和他聊天。他每次都会给当晚的节目选定一个话题。我一听这个节目就非常喜欢，他曾在节目中展示一个苏格兰小岛在天黑后会有哪些声音，还曾提到有些人在半夜接到一个拨错的电话，然后生活就发生了天翻地覆的改变。他还介绍过那些身怀绝技的人（有一个男人可以用脚击鼓；有一个女人可以用口哨吹出任何曲子，但只能倒着吹；还有一个女人可以模仿任何听到的口音）。从那以后，我每天晚上都会收听这档节目。聆听深夜的广播，就像是加入了一个俱乐部。你成为其中一员，这种感觉就像是孤独的人们在这个空间里共聚一堂。

在我收听节目的第一个夜晚，“夜猫子鲍勃”做了一期关于跳舞的节目。他邀请大家打进热线，谈谈自己的想法，说出经历过的故事。一个名叫米克的男人打进了电话，他说话就像是在喃喃低语，我听得出他很紧张，好像害怕自己会说错话。但“夜猫子鲍勃”的人际沟通能力很强。他知道该怎样鼓励对方，而且他说话的声音也很平易近人，就好像他是听众的一位老朋友，邀请大家走进家门来小坐片刻。米克很快就放松下来，打开心扉。

“我以前很喜欢跳舞。”他说，“如果你看到我现在的样子，你一定会笑话我。因为我看上去就像是天生擅长搬砖的那类人，而不是跳舞的料。但我却偏偏喜欢跳舞。”

“你跳的是什么类型的舞蹈，米克？”“夜猫子鲍勃”问。他的声音听起来很柔和，你会联想到丝滑的奶油芝士。能有这样一副好嗓子肯定很幸福，因为你只要开口说话，大家都会愿意聆听。

“那真是各种各样。”米克说。听起来他已经忘记了紧张，你可以听得出他哪怕只是想到跳舞这件事都已经欣喜若狂。“我会跳一点交际舞，也会跳点拉丁舞。我甚至还报过踢踏舞的课程。”

“听起来你真的超爱跳舞啊。”

话筒那边传来一声低低的叹息：“是的，鲍勃，没错。”

“那你为什么放弃了？”

出现了漫长的静默。我甚至在想电话可能已经断线了。但最后米克又再次开口了，这一次他语速更快，像是有人在给他掐表计时，告诉他发言时间已经所剩不多。他的声音微弱，充满了悲伤。

“有一天晚上，我去上踢踏舞课。我已经上过一段时间了，所以大多数同学我都认识。他们人很好——喜欢偶尔大笑，然后继续跳舞。那儿还有一位我以前没见过的女士。我走进去那会儿，她正在说着自己参加过多少比赛。她还说，她报名这门课是为了温故知新，而不是学习新舞步。我看得出大部分人都不怎么喜欢她。当我走近时，这个女人转过身来，上下打量我一番，她说：‘哦，我的老天爷呢，他应该是来修中央空调的吧？我可不会和那种人一起跳舞。’”

“这简直太可怕了！然后你怎么回答？”

“我一句话也没说，就转身离开了。我再也没有回去上过课。”

“太可惜了。我认为其他人肯定不会有她那种想法。她说的话可真是太难听了。”

“也许吧，但其他人也听到了她对我的看法。”米克说，“一旦这种看法植入他们脑海，我又怎么可能让他们彻底忘记呢？我永远都会以一个中央空调修理工的形象出现。我永远是她所说的‘那种人’。”

米克说得对。那个起绰号的人并不一定能得到其他人的赞同，但问题是，一旦他们大声说出了这些绰号，所有人的脑海中就都会浮现出相应的形象。

第十六章 伊利斯的计划

伊利斯不可能长时间保持沉默，我早该料到这一点。对于任何不喜欢的事物，伊利斯都不会忍耐太久。她在午餐结束时把我抓了个正着，而我当时正绘制《白雪公主》的布景，刚画到森林里的树木。画树叶可真是精工细活。

“安佐，你觉得你这是在干什么？”伊利斯把双臂交叉在胸前，站在那儿瞪着我。

“我就要把森林画好了。布朗老师很喜欢让我画树，因为我个头高，能够得着。这很有趣对不对？你想想，我去年怎么可能够得着啊。”我有点语无伦次了，但那是紧张情绪在作祟。伊利斯是你绝对不想惹火的那类人。而她现在肯定被惹火了。

“你为什么要躲着我？”

“我没有躲着你。我在画树啊。”我告诉她。

伊利斯眯起眼睛看着我。当她这样眯起眼睛，她的整张脸似乎都跟着挤在了一块儿。“你画树就是为了躲我。”

这是事实，但我并不打算承认。

“我画树是为了给布朗老师搭把手。”

有那么一会儿，伊利斯一句话没说。她只是站在原地，手臂仍然交叠着。她用右脚点地：“安佐，怎么回事？我是不是说错了话，让你生气了？”

我拿起画笔，非常、非常仔细地给树上另一片叶子填色。“没有，当然没有啊。”

她又走近了一步：“这是不是和你家里的事情有关？”

我眯起眼睛看着那片叶子，又多涂了一下，虽然这个动作根本毫无必要。“不是。”这句“不是”听起来特别假。如果连我自己听起来都觉得不可信，那对伊利斯来说更是毫无说服力吧。

“安佐……”

伊利斯的沉默有时候比话语更有力量。她只是静静地看着我。

和伊利斯争论，其实毫无意义。

她说："放学后到我家来。"这不是邀请，这是给我下命令呢。

* * *

我告诉伊利斯，家里人不同意我去参加漫画展。那时她正坐在自己床上，把膝盖抱在胸前。她思考的时候总会摆出这个姿势。我喜欢去伊利斯家里做客，因为她家总是很整洁，散发着一种清新又干净的味道。她家也总是风平浪静，感觉每个人在家里都会放低声音，谈吐得体。这里没有那种会淹没你声音的大叫大嚷。

过了一会儿，她坐直身子，双脚落在地板上："你要带上你去年收到的圣诞节礼物，那台微型摄像机。这样你就可以把杰西·爱德华的对谈环节录下来。你在现场没法一次性消化所有谈话内容的，人在很兴奋的状态下，注意力就没那么集中。"

"我刚刚告诉你了，我去不了。"

"不，你要去。"

我看着她："好吧，我猜你已经想出计划了。"

“当然，我已经胸有成竹啦。”

伊利斯露出了她那种“面对大风”的坚定表情。我知道，一旦她露出这个表情，可一定不能招惹她。大概在我们七岁那年，我们曾经讨论圣诞老人的驯鹿是睡在他家里，还是有自己的马厩，然后我们意见相左，争执不下。伊利斯坚信驯鹿和圣诞老人共用一栋房子，但我认为驯鹿会有自己的马厩，因为它们和马更像，而不是人类。伊利斯想出了一百万个理由来证明我是错的，她从驯鹿的鼻子开始说起，然后说到它们的飞行能力（我不得不承认，我从来没有见过哪一匹马能飞上天）。我赢下这场辩论的可能性为零。

我从那次争论中学到了很多。最主要的一点就是，不要和伊利斯争论。

我换了一种表达方式：“如果我爸妈不同意，我自己又没钱，我要怎么去呢？”我所有的积蓄都存在一个银行账户里，但必须得到父母许可才能取出来。而且我很清楚，我这点小小的积蓄远远不够支付漫画展的花销。“再说，我也不大可能自己一个人出远门。”

伊利斯叹了口气，好像我脑子转得特别慢似的。“不会让你自己一个人去的，行吧？我会和你一起去。”

“但你也是未成年人。他们是希望我能有大人的陪同啊。”

“你来做这个成年人。你会是我的哥哥,陪我去看漫画展。”

“哦,你为什么不早说呢?”我说,“那就是小菜一碟啦。”

伊利斯检测讽刺的大脑机制显然还没运转起来:“没错。好吧,不会那么容易。”

她抬起下巴看着我:“这就是你需要做的事,安佐。你将来就要通过这样的方式,让大家注意你。”

伊利斯所说的“大家”,就是指我的家人。

“而且,他们可能不把你热爱的事情当回事,但这不意味着你自己也要这样。”

“那钱哪里来呢?”我不知道该如何反驳她的其他论点,所以我决定坚持不懈地提问,“我们买火车票要花钱,买吃的要花钱,预订酒店也要花钱。”

“我一直在攒圣诞节和生日拿到的红包,已经存了五年了。我的钱用来付车票和门票肯定够,而且你还享受折扣价呢。”伊利斯拿起一个发带,把头发向后拉,扎成一个整齐的小马尾,把发带扣好。伊利斯是个很高效的人。“我的钱绰绰有余。”

“你存钱存了五年,就是为了去看看国际连环漫画协会举办的漫画展?”

“当然不是，你傻呀。我攒钱只是为了做件大事。而现在，这就是那件大事。”

这就是伊利斯的特点。她可能总会喋喋不休地谈论心理学，也有点独断专行（好吧，不是有点，是非常），而且她总是倾向于认为自己的观点绝对正确。她可能听上去就像一串行走的风铃，而且她从来不会让你把心事留给自己去消化。但作为朋友，她非常非常够意思。

* * *

那天晚上，“夜猫子鲍勃”节目的主题是采访卡车司机。一个叫史蒂夫的人拨通了热线电话。他是夜班司机，通常下午四点左右开始工作，差不多早上六点可以下班。鲍勃问他，开夜车的感受如何。

史蒂夫说：“你会进入一种恍惚的状态。你会观察路面的线条，因为在你面前的视线中，你能一直看到的东西也只剩这个了。有时我甚至不记得自己开车抵达目的地之前途经了哪些道路，因为我注意的只是那些线条，以及自己头脑中浮出的想法。”他沉默了一秒钟：“这很有意思。虽然天很黑，你几乎什么也看不到，但夜里许多想法会比白天更清晰。”史蒂夫说得对，有时要在晚上思考问题，才能看清楚问题的本质。

我知道，现在身高的增长还不足以解决我的问题，我还需要点别的什么。只是我不知道，长途跋涉到 250 英里之外去听杰西·爱德华的对谈，观赏许许多多的卡通漫画，是不是就能解决我的问题呢?

第十七章 发现超能力

妈妈已经完成了餐厅和厨房的装修工作，厕所的装修也动工了。迈尔斯叔叔开始每天都做十道不同的菜，他想最后敲定菜单的内容。爸爸和塔伯特叔叔接管了妈妈的长桌，那里成了他们的业务中心，在那里完成所有需要填写的表格。距离餐馆开张的日子越来越近，他们的额头中间也出现了一道纹路，这让我想到我还在排练《白雪公主》里的七个小矮人那会儿，本特利老师额头中间也有这么一道纹路。

有天下午放学后，我走进厨房，放下书包，从冰箱里拿了一杯牛奶。我家的冰箱巨大，属于工业尺寸。平时如果有人在家，他们往往会对我说“嘿，安佐”，但在过去的几周里，他们甚至都不会停下自己手头在忙的事情，也不会抬头看看我。妈妈在楼上某个地方用电钻，迈尔斯叔叔在新炉子上做饭，爸爸和塔伯特叔叔则在后面那张属于他们的“书桌”前忘我地交谈。

“问题是，餐厅还没有名字，现在就没法做宣传。”爸爸说，“我已经开始做功课了，要找人来设计菜单和海报，但我们现在还没法确定具体风格。因为餐厅名字还没定下来，就没法围绕名字来设计。”他面前放着一堆样品图和标志。“不知道按照现有基础要如何设计外观，光是敲定这个都已经够难的了。”

我走近一点，拿起一张图——我可以看出设计师对色彩的理解，而且具备布朗老师所说的那种“对构图的严格把控”。在餐厅业务中，这应该是第一个我可以帮上忙的部分，也是第一个我能理解的部分。我开口想要告诉爸爸，如果布朗老师在这儿，她会如何判断一项设计的有效性。这时爸爸注意到了我手中拿着的东西。

“哦，安佐，请不要乱动这些设计图纸，我才刚整理好呢。你能不能给我们一点空间，让我们安静地讨论这个问题？”

我把设计图纸放在桌子上，拿起我的包，退到门外。

迈尔斯叔叔在爸爸和塔伯特叔叔面前放下一盘油炸南瓜和辣油饺子。“尝尝看。我们需要的只是一点灵感而已——而这正是我的作品可以带来的。要知道，我们的童年真是平淡得让人窒息，而我们正试着在成年之后加入一点更兴奋的元素来弥补。”

“你不会是在暗示我们餐厅应该叫作‘灵感’吧？可别哦。”塔伯特叔叔说，“我们希望客人们能消化食物，而不是让他们感觉想吐。”

不论是我走进来还是走出去，都没能引起他们注意。我已经获得了巨人的超能力：身高和力量。但事实证明，其实我一直都有一项属于自己的超能力：隐身术。

* * *

“夜猫子鲍勃”有一期节目主题是“孤独”。因为有太多人打热线电话，所以他决定再做一期同一主题的节目。是不是有些人听鲍勃的节目是为了得到他的建议？我不知道。我感觉他这档节目的真正目的不是给出建议。但是，后来我听到一位叫吉娜的女士打进的电话，才意识到，我内心的确渴望着和伊利斯一起去参加漫画展。

“人们以为孤独只是指独自一人的状态，”她对鲍勃说，

“其实并非如此。孤独是指那种失去连接的状态。你能明白我的意思吗？”

“我想我能理解。”鲍勃告诉她。

吉娜似乎没有听到他说话，她完全沉浸在自我表达中。“比方说，你可能在参加一个大型聚会，每个房间都挤满了人，但你还是感觉自己像站在田野或沙漠中一般，好像几英里内都只有你自己一个人。其实这会让你感觉比在沙漠中还要糟糕，因为你周围所有人好像都在提醒你，你跟他们完全没有连接。因为他们都在说笑，都在聊天，他们都特别开心。”

“你觉得社交媒体怎么样？比如脸书、推特。你不觉得这也是和人保持联系的好方法吗？”

“我讨厌脸书！我讨厌那些毫无价值的社交媒体！”吉娜说得很大声，你都能想象出鲍勃吓得一缩的样子，“这些东西简直是恶魔！人们只会在上面放自己度假的照片，或者和他们的朋友、恋人在一起的照片，炫耀他们是多么快乐多么成功，炫耀他们的生活如此十全十美。这些内容简直没完没了。我不觉得这能有什么帮助，我反而觉得这些毫无益处。”

“他们的生活可能并没有看起来那么完美。”鲍勃指出。

“是的，好吧。”吉娜说，“这并不重要。因为所有这些都只是在提醒我，我连一个可以说话的人也没有。我的朋友都搬走了，我的妈妈在几年前就离开了，我爸爸只会连轴转地工作。”她停顿了一下，“即使这些天我一直和其他人在一起，我也始终觉得我自己孤身一人。”

我听到楼下传来笑声。塔伯特叔叔在晚餐时宣布，他要一锤定音地证明，他才是三兄弟中的方言模仿大师。爸爸试图表示抗议，迈尔斯叔叔也一样。但塔伯特叔叔发起了一场比赛，这让他们感觉不得不就范。我曾想过告诉他们，本特利老师以前也试着教过我说方言，但因为我并没有坚持下来，好像提起这个也没什么意义。我不知道该怎样用有趣的方式叙述这个故事。我不知道怎样才能逗他们发笑。我不知道如何像他们那样“高大”——他们做任何事都像站在舞台上一样。这一切都能归结到，我不知道怎样才能变得像他们那样不同凡响。我的身高每天都在增长，但当我和家人在一起时，我却感觉自己比以前更加矮小。我知道吉娜想表达什么。哪怕我和他们在一起，我也感觉自己孤身一人。

第十八章 实施计划

每当伊利斯实施计划，一切都会相当可靠。这应该并不意外吧。因为你已经知道，伊利斯是一个井井有条的人。

国际连环漫画协会的漫画展在周末举办，从周五晚上到周日下午。所以我们不用担心会耽误上课。按照计划，我要告诉爸妈我会住在伊利斯家，而伊利斯会跟家里人说她住在我家。伊利斯计算了时间,如果我们在漫画展结束后立刻返程，我们就能在父母预计的时间返回家中。我的爸爸妈妈可能不会注意到我消失了一会儿，但她的父母肯定会注意到。

虽然伊利斯家里一贯实行的组织标准已经很高，她也还是用便利贴忙活了一整天来做准备。她已经计划好了一切，比如我们第一次提起周末的做客计划应该是什么时候（“星期四告诉他们——这样他们已经没时间反对了，但也不至于太晚而引起他们怀疑”），还有我们乘坐火车的时间（“我们出发时坐周五 15 点 53 分的那班火车，返程时坐周日 14 点 54 分那班，这样到家还能赶得上吃晚饭”）。我们会带上手机，如果他们真的问起什么，我们就可以很快给他们发信息（“我会时不时地编几条可信度很高的消息，让他们不起疑心”）。她在国际连环漫画协会的大会网站上把我登记为成年人（“不过我们会说，你只有 18 岁——你的身高虽然很有说服力，但我不确定你的气场会不会露馅”），而她自己则是我的小妹妹（“他们会认为你带我去看展很贴心”）。

这感觉就像是我在火车离站的最后一秒跳上车，然后发现我都不确定车坐对了没有。但每当我要表示怀疑，伊利斯就会给我一个“面对大风”的表情。然后，事情就这样继续下去。

* * *

我们需要确保我的父母会“同意”我去伊利斯家过周末。这件事完全关乎时机和自信。我得在妈妈自己做装修的时候问她，因为她一旦开始工作，就不喜欢停下手中的活儿。而且，我需要有足够的信心，相信她会答应（《积极思考的力量》第三章——“期待许可便是获得许可的途径”）。时机部分还比较好把握。妈妈非常专注于装修的工作,她力图尽早结束装修。这些天来，她几乎放下了其他任何事情来忙活这个。迈尔斯叔叔都没法让她坐下来吃饭了，所以他给她做了数不胜数的手抓食品。餐厅现在成为家中禁区，只要你走进那里，妈妈、爸爸、迈尔斯叔叔和塔伯特叔叔中就会有人大喊：“油漆未干！”

我告诉妈妈，我周末会住在伊利斯家。那会儿她正在处理天花板上一个特别棘手的地方，头上裹着头巾，以防油漆弄脏头发。她把头巾往后推了一下，说：“哦，你是说整个周末都在那儿？伊利斯的父母不会介意吗？”

“我们在做一个很特别的学校项目，所以这个周末想集中来完成。伊利斯的父母说，他们很欢迎我去那边。”

（“伊利斯的父母说，他们很欢迎我去那边。”这句话曾写在一张蓝色的便利贴上。）

妈妈注意到她头顶的油漆正在滴答滴答往下落。她迅速伸手，用刷子的尖端把油漆抹平。你可以看出，她的心思已经转移到了下一块需要她留意的天花板上。“那好吧，去吧。

别给人家惹麻烦，听到了吗？”

“听到了。”我看着她继续抹油漆，我等了两秒钟，以为她会再次问点什么。但她没有，于是我就上楼去收拾行李了。我突然想到，我就算去一个比 250 英里更远的地方，他们应该也会浑然不觉。

第十九章 无法预知的状况

制订计划和执行计划之间的区别在于：当你的计划还只是停留在脑海中或是图纸上的时候，一切看上去都会很顺利；但当你真正执行起来，就会发生各种各样的状况，这些你都无法提前预知，也没法提前计划，你什么都做不了。所以，你拥有的不只是一个计划，还有许多无法预知的状况。

这些无法预知的状况，往往是你想要排除在计划之外的。

最开始，一切都按照便利贴上写的进行。我们带着行李，在我家那条路的拐角处碰头，然后一起乘坐公交车去火车站。一路上只出现了一次略微棘手的状况：我们上车以后，司机不相信我符合买儿童票的要求。

“你没满 12 岁？绝对不可能吧。”他对我说。

“我算是我这个年龄段里比较高的。”

公交车司机哂笑一声，他的笑声听起来有点像乔什。我在想他们会不会是亲戚。

我正准备开口抗议，伊利斯戳了戳我，对我耳语道：“不如，现在就开始伪装你的身份。”

“什么？”

“你是我的哥哥。”她低声说。

“哦，对。”我回头看了看公交车司机，“没错，我需要买一张成人票。”

“哦，你打算买票了，对吗？你做了正确的决定。”司机向前靠了靠，想要引得附近其他人也发笑。他和乔什绝对来自同一个基因库。我也笑了，好像刚刚的一切都是在开玩笑。除此之外我还能做什么呢？他是司机，我可不能惹恼他，不然我们就会被赶下车。大权在握的人总有这个特点——他们会忍不住炫耀自己手中的权力。

我们拿到了票，走到公交车后厢坐了下来。我环顾四周，意识到想要成为一个成年人其实只需要假装你已经成年就足够了。如果你身高足够，如果你看起来像那么回事，大家就会深信不疑。

身高的意义甚至还不止于此呢。我已经和学校里的一些老师差不多高了，从那时开始，他们似乎就期待着我的行为举止也能和他们一样。仿佛我每长一英寸，我的年龄就增长了一岁。我知道并非生活中的所有事情都能归因于身高，但我还是认为外表的影响真的很大。但是，这其实并不合理。

* * *

到火车站之后，伊利斯并没有表现得像个小妹妹。她表现得像个妈妈，而且是非常严格的妈妈。

当我在冰沙吧前停下来时，她告诉我："你不能买冰沙。"她的声音听起来像被吓到了。"你可以买一杯咖啡，或买点别的。"

"但我不喜欢咖啡！"

"好吧，成年人才不喝冰沙呢，所以你也不能喝。"

"你怎么知道？"

"你见过哪个成年人的舌头是冰沙的蓝色？"

伊利斯总能想出一些我答不上来的问题，她很擅长这样做。最后，她让我买了一瓶水和一包薯片。（当然，她可以喝一杯冰沙。）

* * *

在火车上，伊利斯把《积极思考的力量》又读了一遍。她怕自己会漏掉一些内容。我不知道她想从书里找到什么，除非书里有章节专门讲解如何冒充成年人，并成功瞒过你的家人。

所以,一切都基本顺利。直到火车在荒山野岭中停了下来。

窗外没有任何类似车站的景象。我们视野中只有一栋房子，后花园紧邻铁轨。低矮的栅栏已经散落一地，露出一个破旧的蹦床，还有一辆黄色的骑乘小卡车，是专为蹒跚学步的小朋友设计的。看到蹦床，我想起了塔伯特叔叔那天晚上说的话。

“记住，安佐，当你真的长高了，你在床上蹦蹦跳跳的时候就难免会摔倒。所以，你要趁现在还能蹦起来，就抓紧时间多蹦几次。一旦你长高到了一定的程度，你所有的幼稚游戏就会告一段落啦。”他叹了口气，紧紧抓住自己的胸口，这是他一贯的戏剧性表演。迈尔斯叔叔笑了起来。

“你可一直都还像个小孩子一样啊，你这个傻瓜。”迈尔斯叔叔对塔伯特叔叔说。

塔伯特叔叔拍了拍我的肩膀：“哈，要知道这小子现在正是个小孩子,也应该被允许做个小孩子,而不只是‘像’——”

然后，厨房里的计时器响了。迈尔斯叔叔把塔伯特叔叔也拉去了，要他帮忙削胡萝卜，准备做晚饭。

* * *

十分钟过去了，火车仍然没有动静。我们从播音员那里听到的都是一些零零碎碎的说法：“为了保障您的旅途安全，列车须短时停车，很抱歉给您带来的不便。”伊利斯通常都很冷静，但这让她也开始有点躁动不安。

“我们必须赶到那儿，这样才能在介绍会开始前就签好到。”她把鼻子贴在窗玻璃上，仿佛这一点额外压力能帮助火车开动，“他们会上可能会说一些比赛相关的事情，这都是你需要知道的信息。”

“别担心，妹妹。”我把这当成一个绝佳的机会，来演练我作为成熟大哥的新身份。

“你现在还不用这样拿腔拿调。”伊利斯的手镯晃动着，她在座位上烦躁地扭来扭去。

喇叭声响了起来：“女士们、先生们，我们对本次延误深表歉意。”一个声音很尖的男人说（这也可能是高音喇叭的效果），“很遗憾，为了保障您的安全，便利您的出行，我们本次出行的服务只能在这个路口终止，很快会有另一趟车来接替。”

“便利！”我们后面有人大声说，“在这种荒郊野岭中被赶下火车能有什么便利？”

“这要花多长时间？”伊利斯盯着我，仿佛我知道答案一样。我的身高甚至让她觉得我年龄更大了吗？

“我敢肯定，不会很久的。”我告诉她。我觉得这像是哥哥应该说的话，但奇怪的是，这句话很有效果。伊利斯坐回了她的座位上，也收起了惊慌失措的表情。

语音播报完毕之后，检票员便在车厢中穿梭。他一出现，人们就开始大喊大叫，提出一连串问题：我们在哪里？我们还要多久才能搭上下一班火车？我们会坐火车还是接驳车？（有一位女士特别关心厕所设施的问题。）以及，我们是否会收到退款和免费茶点，来弥补延误造成的损失？我忍不住对这位检票员动了恻隐之心，因为他已经在努力回答所有的问题，但他显然对大部分问题都毫无把握。他起初看起来有点担心，然后朝我们这边看了看。他目光落在我身上后，看起来似乎松了一口气。现在他所有的担心都转移给我了。

他推开那个询问免费三明治的男人，向我这边走来，然后就在我们座位前停下了脚步。

“先生，打扰一下可以吗？”

我愣了一下，才意识到他真的是在和我说话。我还只是一个未成年人，一个小学六年级学生！我只是大青蛙班的学生呢，我可不是什么“先生”！还好，在我说出任何暴露身份的话之前，伊利斯迅速在桌子底下踢了踢我的脚。

我的面部表情完全被恐惧占据，但检票员似乎丝毫也没有觉察。他接着说道：“不知道您能不能帮帮我们。这一班火车出了故障，我得尽快清空所有车厢，让这一班火车离开轨道，才能做好准备迎接那班替换火车。那趟车很快就要到了。”

“嗯，好的。”当你对整体局面还没有把握时，一般来说，把评论压缩成最短的句子是明智之举。

“问题是，根据我得到的指示，我得确保顾客都聚在一处——你懂的，主要是考虑到大家的健康状况和人身安全。”检票员继续说。

我一直看着他。我是不是应该运用读心术，来读出他的内心想法？

“而我们所在的地方，并不是一个真正的车站。”

“我明白了。”我其实并不明白。

"所以——"检票员坚持不懈，秉着一种刨根究底的态度继续说，"既然你这么，呃，高大，我想你可能愿意帮我这个忙。"

"你是说……"我仍然不解其意，但通常如果你以这个句式开头，大人就会继续帮你说完这个句子。

"你就可以作为我们集合点的标志呀。"他说。他对我微笑了一下，他可能认为这个微笑很迷人吧。

"所以你是说，你想让我哥哥像人形灯塔一样站着。"伊利斯说。

"呃，不完全是像灯塔一样。"检票员说。在他那身海军蓝的制服下，他的脖子开始发红。

伊利斯点了点头。"哦，就是和灯塔一样。"她转向我，"你不会介意。对吧，安佐。"

语气有时候比话语本身更重要，这真是个有意思的现象。因为伊利斯的问题末尾又一次没有以问号结尾，所以她并不需要一个答案，她只是在告诉我事实，那就是我不会介意。

我不太想让自己成为一座人形灯塔，但伊利斯并没有给我其他选项。我不知道我还能说什么——我是否应该说，我不想成为人群的中心，我对这种场合有恐惧症。

"你不会还想让我做个演讲什么的吧？"只要一想到还可

能出现这样的场景，我的喉咙就变得干涩起来。

“哦，不，不，不。”检票员说，“就像这个小姑娘说的，您只需要成为一座灯塔就行。”他笑了起来：“有您在这儿真是太好办事了，先生，这项工作简直是为您量身打造的。”

“那好吧。”我说，“呃，你想让我站在哪里呢？”

检票员开始自我介绍，他的名字叫戴夫。我答应帮他之后，他就变得很健谈。他带着我们从所有乘客中挤到了火车外面。其他乘客的抱怨和提问已经渐渐沉淀下来，只剩下一些轻声低语的抱怨声。

“非常感谢你的帮助，小伙子。”戴夫说。

至少我同意帮忙以后，他便不再称我为“先生”了。（我已经下定决心，我再也不要被称作“先生”了，哪怕是我长大以后也不要——这个称呼实在太诡异了。）

“你相信吗，这是我第一次被派到这条火车路线上来轮班。”戴夫正准备用对讲机说话，但这似乎并不妨碍他同时跟我交流，“你看，发生了什么好事！ 172 名怨气连天的乘客，都在问有没有免费三明治。”他停顿了一下，对着对讲机咕哝了几句，然后转头对我说：“你真是没法想象公众会有多少麻烦问题，真的没法想象。”

“我们就没有。”伊利斯告诉戴夫。

“没错。”戴夫说，“正是因为有你们这样伸出援手的好心人，我才能坚持下去。真的是这样。”他转身眯着眼睛看着轨道：“现在，先生，我能不能请您举起双臂，保持这个动作一到两分钟。等到大家都听到消息,等所有人都知道您是集合点，您再放下双臂。您要能这样做就太棒了。”

我把双臂高高举起。戴夫急促地吹起哨子，我以为我做错了什么，于是又放下了手臂。

“不，不，请保持举起手臂的姿势，就是这样。”然后他冲回了车厢。

有那么一瞬间，我以为这一切都是一个阴谋，他只是想把我们抛弃在铁轨边上。但后来我意识到，他只是要回车厢里去把大家都叫出来。所有的乘客一看到我，立刻蜂拥而至。伊利斯不得不站在我前面，以防人们把我推倒。我一点也不像什么人形灯塔，反而更像是一个人形的保龄球瓶，随时可能被撞倒在地。

戴夫说得对，我并不需要做什么演讲。但接下来的 45 分钟内，我不知道对这 172 名乘客重复了多少遍，告诉他们我也不知道会不会有免费三明治。

第二十章 直面噩梦

当我们到达酒店的时候，刚好比计划的晚了一个小时。也许正是这个原因，导致下一个无法预知的状况。也可能是因为我作为人形灯塔的经历，这让我看起来更像是一个联络对接的标志。

我们走进门厅时，看到有位女士坐在门边，她手上还拿着一个写字板。她站起来迎接我们，然后拿起脚边的大手提包，背到了一边肩膀上。她走到我们面前说："哦，太好了，你们到了。"

我把这几个动作当成了大会的标准欢迎仪式，我想伊利斯也是这样认为的。所以我们只是笑了笑。"对不起，我们迟到了。”我说。我挺起胸膛，尽量让自己看起来有个大人的样子。我收起了微笑，微微皱眉。成年人经常这样皱着眉头。（我想他们想给别人留下这样一种印象：他们非常忙，而且举足轻重，不能嘻嘻哈哈。但其实这只是让他们看起来很郁闷罢了。）这时我觉得很有信心。在我扮演过“集合点”之后，我认为自己已经掌握了成年人那一整套的行事技巧。

那个女人看上去心不在焉，她在袋子里翻来找去：“什么？哦，没关系。你知道的，每次活动刚开始时总会这样。那些兴奋过头的参会者还会四处跑来跑去。”

“其实，这是我们第一次参会。”

“我们？哦，这是……？”

“我的妹妹伊利斯。我带她来参加这个活动，是想给她一个惊喜。”

那位女士终于第一次正眼看了看我们。她的眉毛顶端皱成了小三角形：“我明白了。我也被‘惊喜’到了，我们好像没说过可以带人来。”

伊利斯和我交换了一个眼神——我们是不是漏看了什么关于儿童参会的规定？如果真的如此，如果他们发现我们俩都还只是小孩子，那可怎么办？

那个女人叹了口气："哦，好吧，我想这不要紧。说实话，我们也顾不上担心别的事情了，现在必须集中精力忙这个上台讲话的事情。"

"所以我们还没有错过开场演讲，是吗？"伊利斯如释重负地笑了。

那个女人笑了："嗯，错过可就麻烦了，对不对？因为是你哥哥要去讲哦。"

过了一秒钟，她的话才在我的脑海中沉淀下来。

不幸的是，这也正是我尚能解释误会的一秒钟。

我也意识到这样一件事：当成年人如愿以偿时，他们就会特别迅速地行动起来。

我们刚回过神来，那个女人就把袋子推给了我，然后从写字板上取下一张纸，放在袋子上面。

"整个流程应该五分钟就能结束。"她说，"只要把清单上的所有项目讲一遍，给每个人发一个徽章，告诉他们在开场演讲前可以喝杯茶或咖啡。"她指了指接待大厅外的一对双开门："舞台上的一切都已经给你准备好了，很抱歉，我们没时间检查音响了。但毕竟你本来就迟到了呀！"她拍了拍伊利斯的肩膀："你只要乖乖的，不出声，就算是帮你哥哥的大忙了，好不好？”在伊利斯说出蹦到她嘴边的想法之前（我看得出，她才不想很乖很安静地待着呢），那个女人已经转过身，快步走向电梯。她还回头大声说了一句：“我们会先给你五分钟时间来准备，然后再让所有人入场。等会儿见！”我们看着她闪进电梯，电梯门在她身后关上了。

我看了看那张纸，顶上用很大的粗体字写着：

国际连环漫画协会漫画展

给参会者的医疗和安全指南

下面便是一张清单，写着消防通道的位置等内容。我还没读几行，伊利斯就拿起了清单。我感觉我浑身的皮肤都已经火烧火燎，我绝对没法完成这项工作。

伊利斯把她的手放在我的胳膊上：“安佐，放松点儿。这不是什么大不了的事。”她把手伸进包里，拿出一个徽章，上面有一个拿着标语牌的卡通小精灵。牌子上面写着：“国际连环漫画协会主办漫画展的信念：世界上存在捣蛋‘小精灵’，请一定注意安全！”

“我绝对做不了这个啊。”我说。这次我说得很大声。

伊利斯假装没听到。她轻轻拽着我的胳膊，走向那扇庞大无比的双开门。在我眼里，那扇门非常壮观，可能是因为我将会从那里走进噩梦，才会有这样的感受吧。“她一定把你当成了来帮忙的工作人员。你只要把这些内容读给大家听就可以了，然后给他们分发徽章。”

“我是认真的。我真的没法做这项工作。”

她现在已经拉着我走到了噩梦之门这里，仍然对我说的话充耳不闻：“嘿，也许你完成这项工作，还能得到什么奖励或特殊待遇呢。”

“为什么奖励我？因为我冒充成了组织者之一吗？”她在说什么？伊利斯仿佛已经把我的真实身份忘得一干二净。

“是工作人员，不是组织者。而且，你也没有冒充啊——这是他们认错了人罢了。”

“不论怎样，我都不去。”

“你必须去——五分钟后你就要上台了。”

“伊利斯，这个周末有多少人来参加活动？”

伊利斯耸耸肩：“我不知道。两百人？三百人？”

“我没法站在三百个人面前，告诉他们消防通道在哪里，然后分发那些傻乎乎的徽章。你知道的，我做不了这个。”

“你也可以不发徽章，我们放在门口的收纳盒里就行。”

“伊利斯。”

伊利斯停下脚步，抬头看着我：“安佐，这就是我们这个周末要来到这里的原因。”

“我们来这里，就是为了让我成为一名医疗和安全方面的专家？然后发放那些无聊到天际的徽章？”

“是为了让你证明自己，为了让你展示自己的能力。”

“在一群陌生人面前？”

伊利斯用食指戳了戳我的胸口：“不，我们来这里是为了向你自己证明你的能力,安佐。因为如果你能看到自己的能力，其他人也自然会看到。这就是自信的意义所在。就像是‘那又怎样？’和‘那很了不起’之间的区别。自信是一种魔法，能让你相信自己的力量，然后整个世界都会看到，原来你这么棒。”

“这是《积极思考的力量》里说的？”

伊利斯吸了吸鼻子：“我自己也有能力说出一些振奋人心的话，你懂的。”

我等她继续说。

“是第六章里的。”她承认了，“但这都是大实话！”

我看了看那扇门。

“安佐，你能做到的。你现在可是我哥哥啊，你没有什么做不到的。来吧。”伊利斯从我手中接过那个袋子，甩在肩上背了起来，然后朝那扇双开门走去。

我还能怎样呢？我只好跟着她走了。我只能这样做。

* * *

“夜猫子鲍勃”曾经做过一期主题为“恐惧”的节目。整个晚上，人们络绎不绝地打进电话，倾诉着他们最害怕的事情。当然，有些人害怕各种各样的常见事物：他们害怕蜘蛛，恐高，怕水，还会怕鬼魂和小丑。此外，还有一些人害怕的事物比较奇怪：他们害怕黄色，害怕奶酪，不敢出席晚宴，畏惧膝盖这个部位。他们描述的那种感受，就和我接下来五分钟里一模一样：我的心脏怦怦直跳，汗水刺痛着我的后脖颈，双腿像灌了铅一样沉重又麻木。我真蠢啊，竟要向自己恐惧的事物直奔而去。

* * *

舞台看起来仿佛宽阔得无边无际。舞台中间放着一个麦克风和一个支架，伊利斯说我得站在那儿。舞台前面仿佛摆放着成千上万的椅子。大致是这么多吧。伊利斯把徽章全堆在了门边的桌子上，然后拿着那张纸走到我身边。

她说："你只需要把这些内容念一遍就行了。他们也没想要听到多么好玩的内容吧，其实无聊的内容反而符合他们的心理预期。这就让你的工作变得更简单啦。"

"我不是担心讲话内容好不好玩，我是担心我会不会昏厥。"

"哎呀，一小时前你还在当人形灯塔，那儿可是有数百名火车上的乘客呢。这有什么区别吗？"

"区别在于，我不用跟火车上的乘客说话啊。"

"不，你当时也在说话。你一直在告诉他们，你不知道会不会有免费的三明治。"

"但我不是非说不可。我说话只是因为他们先问我了。这中间的区别可大了！"

"安佐，"伊利斯抬头看着我的眼睛说，"如果你能和整个大厅里的陌生人交流，那你就不会害怕和自己的家人说话了。"

"我才不害怕和他们说话呢！"

伊利斯看着我。

"我没有害怕啊！我只是——"

"害怕说错话？害怕自己会让他们感觉无聊？"

“也许吧。”

“就是因为这个，他们才连你有多喜欢画漫画都不知道！”

我低头看了看那张指示文件，这些就是我需要念出来的内容。如果我尚存一丝不会搞砸的希望，我就得先把内容熟悉起来。

“安佐？”

“嗯？”

“这就是你所需要的。相信我。以此为起点，你会越来越快乐。”

我正要告诉她，以此为起点，我将走向奇耻大辱。但伊利斯脸上露出了她的特色表情。她的表情在说，因为我已无法摆脱目前的状况，所以我最好调整心态，准备去和满屋子的陌生人说话。有一股七级以上的大风即将来临。

* * *

当第一批参会者进来时，我就感到喉咙一阵发紧，仿佛忘了该如何呼吸。伊利斯把我推到麦克风前面，低声说：“祝你好运。”

越来越多的宾客蜂拥而入，我随之进入了一种出神状态。某种程度上,对我来说站在舞台上反而更好。由于灯光的角度，我并不能真正看清楚所有人。我只是听到很多人在聊天、说笑、走来走去。我对自己说，不是每个人都在窃窃私语，也不是每个人都在嘲笑我。希望我是对的吧。我又低头看了看那张纸。那张纸在我的手中颤抖。

墙上有一个挂钟，但秒针似乎开启了慢动作模式。我就好像身处一部科幻电影之中，一切都定格在灾难发生之前的那一刻。伊利斯走到台下低声告诉我，现在已经座无虚席。我深吸了一口气。

“大家好，这是一份清单，为您提供您需要了解的医疗和安全知识。”

伊利斯再次出现在台下。她挥了挥手。我给了她一个“你为什么让我来做这个”的眼神。

“慢点说……慢、点、说。”她用嘴型对我说。

我点了点头：“第一点……在……火灾的……情况下……”

有人咯咯笑了起来。

我抬起头来，盯着台下这片乌压压的人头。他们大多数人都是专业漫画家，就是我长大后想要成为的那种人。我脑海中浮现出爸爸的形象——他站在桌子正前方，伸出双臂，仿佛在欢迎大家来到这里，脸上带着灿烂的笑容，他知道大家都会认真听他说话。

自信是一种魔法。

我决定尝试一下《积极思考的力量》里提到的方法。

我向伊利斯点了点头，深呼吸，然后抬起头来微笑。我又试了一次。我并没有做到极致的完美，我感觉自己似乎语速又过快了。但至少我一直保持着微笑。

也许我并不像爸爸，但也不意味着我会和他截然相反。

* * *

后来，当我走下舞台，我才反应过来我忘了说徽章的事情。但伊利斯说这并不重要，好像每个人都知道要拿一个徽章。

我满面笑容地站在那儿，看着大家经过。那位给我袋子和那张纸的女士向我们走来。她看着我，就像有人下单了香肠蘑菇比萨，最后上桌的却是腊肠蘑菇比萨。“嗯……这很有意思。你们在这个临时工作中介干了多久啦？”

“我们不是什么机构的，我们只是买票来这儿看看。”

“你是说，你们只是普通的参会者？”

“是的。”

“你的名字不是——”她又检查了一下名单，“伊莱贾·费拉尔·泰勒？”

我摇了摇头。

那位女士一直紧紧地盯着我。在她眼里，我应该不只是一个腊肠蘑菇比萨了，我肯定是她见过的腊肠蘑菇比萨里最古怪的那个——可能是腊肠蘑菇加巧克力的比萨吧。

“但是……你们为什么不直接告诉我呢？”

“我哥哥非常乐于助人，”伊利斯告诉那位女士，“他有一种超乎他年龄的成熟。”

“我明白了。”那位女士说，用的是成年人言不由衷时的那种语气。“好吧，没关系，我想——既然另一个小伙子好像压根儿就没来，你能顶上也是件好事。”她对我们微微一笑，“还是谢谢你能登台。这肯定是……我们这儿历史上最有趣的一次讲话。”

“我们现在可以去登记入住吗？”

伊利斯拉着我的胳膊。“对，我们去吧。”她转向那位女士，“我希望您能记得，安佐非常乐于助人。”

女士的眉毛又一次竖起，陷进了小三角形的皱纹里。但她还是点了点头：“没错，我当然记得。”

我们一到大厅外面，伊利斯就把我拉到一边：“你现在肯定很累。”

她话音刚落，我就感到一阵倦意把我淹没。

“你口渴了吗？”

“等等——我是病了吗？还是怎么了？”当有人说出你会有怎样的身体感受，然后这样的感觉马上就涌上来，这可有点奇怪。

“没有，但是当你处于这种紧张兴奋的状态，你的身体会产生大量的肾上腺素。之后激素在体内消退，你就会感觉有点不舒服。”

伊利斯从父母那里获得了很多知识作为基础，加上她自己一直想成为一名心理治疗师，她现在就像是一名在受训的全科医生。这听起来似乎很棒，但其实不然。因为，有时她掌握的知识足以看出别人状况不太好，但她又还不能明确说明该怎样才能好转。但在这种情况下，显然我只需要坐下来喝杯茶就好。

这一整天下来，喝茶是我的第一项轻松任务。

第二十一章 新朋友

这家酒店完全被用来办漫画展了。我们走到哪儿都能看到展板，上面贴满了原版漫威漫画以及演讲嘉宾的照片和简介，还有一些关于漫画评论小组、俱乐部和比赛的通知。人们三五成群地站在一起，讨论着不同的漫画风格，或是对比最近买入的漫画。酒店里有一片区域专门划出来作为漫画家的摊位，以供他们展示并销售自己的原创作品。另外还有一片区域专门用于销售 T 恤、杯子和笔之类的物品。

“我在一件 T 恤衫上看到了巨人。”伊利斯指着一件 T 恤衫说。那件衣服上画着的绿巨人从他的衣服里冲了出来。T 恤上绿巨人的腿下面写着：“你可不能惹我生气。”

“对，我要一件加大号的。”有那么一个瞬间，我想象自己也是那些艺术家之一，能站在自己摊位后面，和欣赏自己作品的顾客交谈。我在家时，周围每个人都在做着自己热爱的事情。现在我知道那是什么感觉了。

在我们去参加第一场研讨会的路上，伊利斯看到一张关于漫画比赛的大海报，她在那儿停了下来。

她转向我：“你把你画的所有的巨人连环漫画都带来了吧，对不对？”

“是的。”网站上说，所有参会者都应该带上自己的作品集，这样就能在研讨会上得到反馈，哪怕只是和其他漫画家互换作品看看也很好。我还不至于把自己当成漫画家，但我还是把自己的画作带来了。

“新画的那个系列也带来了吗？”

“带了。怎么了？”

伊利斯对着海报点了点头：“因为我觉得你应该去参赛。”

我抬头盯着那张海报。不知为什么，哪怕只是想到要在这里参赛，我就已经开始紧张了。

“我不行。”

“为什么不行？你之前参加过另一场比赛。”

“那不一样。那次比赛根据年龄分出了不同组别。”

伊利斯倾身向前，扫了一眼参赛规则：“那又怎样？这次的比赛对所有年龄段的人都合适——对你也合适。”

“但看看来这儿的都是些什么人啊。几乎人人都是真正的漫画家。”

“你也一样。”伊利斯说。

“不，我不一样。”

“安佐，看看周围，”伊利斯说，“你就是他们之中的一员。”

我环顾四周。我本以为漫画展上会有很多人盯着我看，因为自从我长高到“正常身高”，这种情况屡有发生。但在这里，几乎没有人注意到我。我周围的人都是我的同类，我们喜欢阅读同样的东西，喜欢做同样的事。

也许伊利斯说得对。也许，我就是他们中的一员。

* * *

那天晚上，我们参加的活动都太棒了，我简直都没法用语言形容。你可以先想象一下自己此生最热爱的事，然后再想象满满一屋子的人，他们都和你一样满心热忱——他们不仅热爱，还对这个领域非常了解。这种情况下，你只会想把他们的所有知识储备都存进自己的大脑里。

有一场研讨会的主题是连环漫画的历史。还有一场是关于冒险连环漫画，一场关于绘画技巧。我感觉自己简直是走进了一家糖果店，然后被告知可以买下所有自己喜欢的东西。伊利斯在便利贴上提醒过我，得带上好几本笔记本。我真庆幸啊！因为到周五晚上的活动结束时，我的第一本笔记本就几乎已经写得满满当当。而这会儿我们还没听到杰西·爱德华的演讲和对谈呢！

我在晚餐前和一个叫埃里克的人聊了起来。他身穿一件绿色天鹅绒及膝大衣，一头卷发向各个方向爹着。他的两只耳朵后面各卡着一支笔，大衣口袋里放着满满一排笔，一共五支。他看到我注意到了这些笔，便朝我咧嘴一笑，打开了大衣——内侧有两个巨型口袋,里面各放着一个 A4 画板。“时刻准备着，我的朋友，时刻准备着。”

“所以你随时都有可能迸发灵感吗？”

他耸了耸肩，笑了起来：“不一定每次都有金点子，但最重要的是，要把这些想法记下来。就像在即兴表演的时候，先对一切想法都说‘好’。”

“即兴的时候？”

“即兴表演。你懂的,当人们站在舞台上,根据观众的建议,当场创作出一个场景。运作规律就是，对于人们的任何建议，或是你脑海中浮现的想法，你都要先说‘好’。”

“这会不会偶尔出错呢？”

埃里克笑着说：“那是肯定啦。”

站在舞台上，然后还要根据手上那张纸的指示行事，这已经足够让我胆怯。我无法想象，站在观众面前却不知道自己该说什么。我打了个寒战，埃里克又笑了起来。

“这就是重点，我的朋友——如果你想把一件事做得越来越好，就必须面对这样可怕的时刻，对不对？”

我想到了那个关于医疗和安全知识的讲话，我感觉自己此刻依然为之欣慰。不是因为我讲得很好（我知道还不够好），而纯粹只是因为我完成了这件任务。我下一次再要面对这种恐惧的时候，也许事情就真的会水到渠成。“我想是的，是得直面恐惧。”

* * *

我们的晚餐是自助餐，用餐地点就在我讲解医疗和安全知识的那个大厅。有几个人认出了我，但他们对我表现得很友善（意思是，他们都没有笑话我）。当我和伊利斯排队取餐时，我想说几句作为哥哥会说的话，比如“别忘了拿些西兰花”，但伊利斯对我横眉瞪眼，所以我只好把话又咽了回去。我们找到了一张靠近门口的桌子坐下，如果被问到任何尴尬的问题，就可以迅速离开现场。周围其他人都在喝葡萄酒或啤酒，一片欢声笑语。我突然觉得，如果你才差不多 12 岁却要假扮成年人，这事儿其实并不像伊利斯说的那么轻松。几个座位开外，有一位女士正在说着一些趣事，是发生在另一个漫画展上的事情。她一直在模仿故事里出场的不同人物说话，说着各种各样的口音。她一会儿是苏格兰口音，又变成法国口音，然后是瑞典口音。她比我扮演七个小矮人时的表现要好多了，但还是没有像爸爸、塔伯特叔叔和迈尔斯叔叔那样模仿得惟妙惟肖。

不知道那位检票员是否已经坐上返程的火车。虽然几乎漫画展上的所有东西我都很喜欢，但在我内心也隐约感觉，自己并不介意现在就坐上那一班回家的火车。如果能听到塔伯特叔叔在嘲笑迈尔斯叔叔新鲜出炉的晚餐创意，我肯定也会乐滋滋。如果能听到妈妈在家里某处用电钻嗞嗞嗞，而爸爸在餐厅里一边做文书工作一边唱着“音量 11”的歌，我更会欣然一笑。我想知道，他们在我离家以后有没有想起过我，然后我意识到这个想法真是傻得可以——餐厅的工作已经让他们忙得焦头烂额，他们应该都没注意到我不在家呢。

* * *

晚饭后，我们一直在重新绘制我参赛的漫画作品，忙到差不多十一点。伊利斯已经看过其他人的一些作品样画，这更加坚定了她的决心，要把我的作品变得更加完美。我感觉我至少把最后那一幕重画了五次她才满意。最后她点了点头：“好的，大功告成。”

“太好了。因为我的手指头都快断了。”

“获奖时人们会来跟你握手表示祝贺，你就不会抱怨了。你回家还能把奖杯给你爸妈看看，那时你也肯定不会想到要抱怨了。”

“你怎么知道还会有奖杯？”我真希望她没提这茬儿，因为这点燃了我赢下比赛的心情。爸爸妈妈可能对荣誉奖视若无睹，但难道奖杯还不够引起他们注意吗？

“我看到过。”伊利斯是那种无所不知的人物。

我想到了大厅里的所有参会者，那些专业的漫画家。“我感觉我可能不会赢下比赛，伊利斯。这里每个人严格意义上来说都是漫画家。”

“你也是。”

“你怎么知道？”

“因为你一直都在画画。你开心的时候在画画，难过的时候也画画。你被学校选去演七个小矮人那阵子也一直在画画。你天生就是画画能手。”

“但如果我没有赢呢？”我开始担心，如果我在比赛中颗粒无收，伊利斯会非常失望。她攒下的五年来的圣诞节和生日红包，这趟旅行全部花光了。这让我压力很大。你仔细想想就会发现，她期待的可是一份超级大礼包。而我不确定我有没有能力提供这份惊喜。

伊利斯举起手来，让手镯叮叮当当地滑落到手臂上：“没赢就没赢呗。至少你尝试过了。”

我怀疑伊利斯只是在假装自己毫不介意。有这样一类人，对他们来说，做赢家和幸运儿是司空见惯的事，他们根本想象不到输掉是怎样一番情形。

巨人现在面临着一场生死搏斗！
哇——
咔——咔——
巨人被包围了……
嘭！
啪哒！
轻轻一弹！
巨人，我们现在抓住你了！

但是，救兵马上就到！
要不了多久，小小史莱姆！
网已经翻转过来了！
巨人真的很强大！
现在，巨人有伙伴了！
不要啊！
现在，他要去和朋友们相聚啦！

* * *

第二天早上，我们下楼来提交我的作品。参赛作品都要放在酒店门厅的一个大盒子里。我们刚把我的作品放进去，埃里克拿着巨大的卷轴纸出现了，这是一幅用皮筋卷起来的画作。

“嘿，伙伴们，祝你好运。”他漫不经心地将卷轴纸扔进盒子里，好像没把这当回事。也许对他来说，这并不是什么了不得的大事。也许是因为他的作品已经好到登峰造极，他一点也没必要担心。

* * *

那天上午接下来的时间里，我发现自己很难集中注意力。在“漫画风格”的研讨会上，我就坐在埃里克旁边，我们要按照不同漫画家的风格来画画，而我却一直在画妈妈和爸爸。

“画得不错啊。他们是谁？”埃里克对着我的笔记本点头称赞。

我惊慌失措地答道：“不是现实中的人。”

“这样啊，那就是你自己虚构的人物。画得很漂亮，安佐。”埃里克微笑着说，“你真的很厉害。”

“谢谢。”

“你听起来好像心情不太好。”埃里克戴着一副大圆眼镜，这让他的脸看起来很像一只睿智的猫头鹰。一只满头卷发、机灵过人的猫头鹰。不知道为什么，我感觉他值得我信任。

“你有过这种感觉吗？有时候你满心期盼某些事情发生，但真的如愿以偿之后，却发现自己并没有之前想象的那么开心。”

“啊，没错，我懂这种感觉，我的小伙伴。”埃里克点了点头，他的眼镜从鼻子上滑下来了一点（这让他看起来更加睿智了）。他往后推了推椅子，压低声音说：“以前有这么个姑娘，我发疯一样爱上了她。你知道我在说什么吗？”

我点了点头，做出我听懂了的样子，一边摆弄着手中的笔。

“我追了她好几个星期——不，是好几个月！最后，她终于同意出来和我吃饭。安佐，当你一直想要获得某个女人的关注，而她终于同意和你相处看看，这就已经够难能可贵了，对吧？”

我又点了点头。我大致理解这种感觉，而且认为他说的应该没错。

“所以我非常认真地考虑了带她去哪里吃饭。每个细节都必须独一无二，毫无瑕疵。”

显然，埃里克很享受讲述故事的这个过程。他现在向后靠着，用手比画着，好像他拿着一支笔，而这个故事就是摆在他面前的一张纸。他让我想起了爸爸。

“我看了百来条餐厅的点评！我还研究了菜单，就好像每道菜的成分中藏着秘诀，能让那天晚上一切顺利。我把那天晚上的每个环节都排练了足足一千遍。我真的以为，从这个夜晚开始，我们就会白头偕老，你懂吗？”

他把眼镜往鼻梁上推了推，摇了摇头，仿佛又身临其境地想起了那时的感受。

“那么，后来怎么样了？”

“我们到了我挑中的那家餐厅。我带了花，而且我们穿着都很正式。她真是太美了。她的各个方面都符合我的期待。我们坐下来，点了一些酒，然后开始聊天。我们以前只是泛泛而谈。你懂的，就是谈谈政治和音乐之类的事情。”埃里克停顿了一下，忽然咧嘴大笑，“然后她问我最喜欢做什么事，我对什么事情抱有热情——所以我告诉她，我喜欢画漫画。”

“然后呢？”

“她说：‘但小孩子才看漫画呀。’”

我们对望了一眼。“但是……”这句话让我实在不知道该怎么接。

“我知道，我知道，我的此生挚爱啊，她不喜欢漫画！”埃里克摇摇头，好像仍然不敢相信这是真的。

我低头看了看我刚刚画下的妈妈和爸爸。他们对我也是这样的感觉吗？也许我现在变成的样子，并不是他们之前想要的、期盼的。

“嘿，别那么难过，安佐。最后一切都挺好呢。”埃里克说。

“是吗？”

“当然。”埃里克耸了耸肩，做出一个张开双臂的姿势，这个动作和爸爸一模一样，“我刚刚还给她看了我的漫画。”

“发生了什么？”

他咧嘴一笑：“她后来被丘比特之箭射中啦。安佐，她心动啦。”

“对你？还是对漫画？”

“她都爱上啦！”他大声说。

我们笑了起来。我感到心中又有希望的泡泡在升腾。

* * *

伊利斯就住在我隔壁的房间。我们约定了一个敲墙密码，这样我们不用离开自己的房间也能相互交流。（我们其实也可以直接使用酒店的内部电话，但那好像不太好玩。）那天已是深夜，我在墙上连敲三下，这在我们的密码中对应“你还醒着吗？”，但是我没有得到应答。

我失眠了。我满脑子都在想着比赛的事，以及我是否真的在意结果的输赢。几周前我还认为，赢下这样的比赛几乎和长高一样重要。但现在我已经长高了，事情却没有向着我预期的方向发展。我开始有这样一种感觉：即使你得到了自己渴望的东西，这并不意味着你的真正需求就会被满足。而我所需要的秘籍，其实是想办法让我在学校和家里的生活都能走上正轨。有什么比赛能够帮我做到这一点吗？

我一直想着妈妈和爸爸。我想到了爸爸给妈妈端茶时唱的那句“哦，多么美好的早晨”。我还想到，妈妈认为早上八点半是一天中敲钉子的最佳时间，因为她认为那是一天中噪声最多的时候。我还想到，迈尔斯叔叔有时会第一时间冒出来，因为他有一批面包新鲜出炉，想要我们趁热尝鲜。还有，塔伯特叔叔跳爱尔兰吉格舞[1]的样子总让人捧腹大笑。

也许他们并没有想念我，但这并不妨碍我想念他们。

---

[1]吉格舞曲是一种最早在16世纪就出现于英国的舞曲。爱尔兰流行的踢踏舞经常用吉格舞曲伴奏。

我想转移自己的注意力，于是下载了“夜猫子鲍勃”的最新节目。我在早餐前收听了这一期，这次的主题是“逃离”。这不是指从监狱之类的地方逃出来，而是从工作、尴尬的社交场合或被迫要做的事中逃离。鲍勃在开通听众热线之前谈到了一本书，书里的那个男孩被分配了给篱笆刷漆的工作，他假装自己非常喜欢这项任务。他的朋友们想要取笑他，但他不予理会。他表现得好像完全沉浸在刷漆这件事之中，简直到了爱不释手的程度。他的行为让所有小伙伴都信以为真。他们开始给这个男孩各种东西，想换来一次刷漆的机会。最后，这个男孩自己根本不需要刷漆了。“夜猫子鲍勃”说，这是逆向心理学。不管这是什么心理学，这个故事让我希望自己能像书里那个男孩一样聪明。也许这样我就能让乔什觉得我的体形没什么奇怪的，我根本不够格成为他每天取笑的对象。也许这能让我找到一种方法，变身为一块形状合适的拼图，然后严丝合缝地嵌入我的家庭版图之中。

有些事本来并不是什么大问题，而总有些人会历尽千辛万苦想要摆脱这些状况。这个现象很有趣。比如，有一个叫斯特凡的人得去帮他母亲取一个包裹，但这意味着他星期六必须一早就起床。他不想失去这次赖床的机会。于是他告诉妈妈，他没法去取包裹，因为他必须很早起床去参加一个会议，还受到特别邀请，要在会上做一场演讲。他想这个借口也许能让自己整个周末都不被打扰，因为母亲平时总是让他的电话铃声响个不停。但是他妈妈很心疼他必须那么早就起床，于是她想到的第一件事就是赶过来为他做早餐。最后，他不仅必须早起，而且还要维持自己的伪装。他不得不收拾行李，离家去参加一个虚构的会议。

我应该并不想逃避责任，但斯特凡的故事让我想到了我和伊利斯。我们离家 250 英里，这趟旅程只是为了让我感觉更快乐一点。而且，这个目的已经达成了，至少目前如此。但是，我的所有难题仍在家里等待着我。

第二十二章 问答环节

杰西·爱德华让我注意到的第一个特点就是，他看起来有点心神不宁。他坐在那儿看着我们所有人排队入座，他的右腿一直在上下抖动，他的手指在膝盖上敲敲打打。也许连他自己都没有意识到这些动作吧。我有点惊讶，他可是如此成功的一位漫画家，我不明白他为什么会感到紧张。但当我向伊利斯提及此事时，她歪着头，用疑惑不解的表情看着我。

“每个人都有紧张的时候，安佐。这就是所谓的人类本性。”

* * *

杰西·爱德华声音低沉，说起话来有点像在嘟囔。他微笑的时候，只有一边嘴角会翘起来。他说的每句话都给我带来惊喜。例如，有人问他入行画漫画的原因，他笑了。“这个问题很简单。”他说，“我童年的大部分时间都是自己一个人度过的。我不是一个很受欢迎的小孩，所以我总是沉浸在自己的世界里。我想，我就是通过漫画这样的方式把‘自己’画出来的——没有想要表达双关啊！”

我周围的人都笑了起来。但我的视线一直聚焦在他身上，我想确保自己没有漏听任何一个词。

“在漫画界工作，有没有帮到你呢？”有人问，“我的意思是，有没有帮你变得快乐起来？”

“当然。当我还是个小孩，我只要想到要在众人面前说话之类的事情——”他假装颤抖起来，又引发了一阵笑声，“嗯，世界上有那种天生就会公共演讲的人，但我们大概可以说，我肯定不是。我到现在也没练出来呢！”（又是一阵笑声。）“但是，在我拿到第一份委托我专门画漫画的工作一年后，我感觉生活中的一切都在走上坡路。那个系列的连环漫画主要是关于在学校的黯淡生活——而我在这方面算是专家了。有人写信感谢我，他们说我画的故事消除了他们的孤独感，因为这让他们发现世上也有其他人了解那种感受。这听起来很神奇吧，但正是从那时候开始，我也意识到我自己并不是孤独一人。‘原来有人了解我那种感受’之类的反馈，让我的一切努力都值得。”他又露出了一个歪着脸的笑容，“从那时起，我基本上一直都非常快乐。”

又爆发满堂笑声，这次我也跟随他们一起笑了起来。

* * *

问答环节结束后，伊利斯的表现开始变得奇奇怪怪。她不停地环顾四周，我必须把每句话都重复两遍，她才会有所反应。在“漫画中的猫”主题研讨会上,她一直在摆弄着手机，或是目光飘向门口。休息时，我问她到底怎么了。

“我不知道你在说什么。”

“你现在的表现就像你正被警察或别的什么人通缉似的。”

“我没有啊。”

“你有。”

“我只是因为比赛而感到紧张，就是这样。”伊利斯把手镯推到手腕以上，又让它们再次滑下来。

我才不相信她的话呢，但如果有人想向你隐瞒什么，你也毫无办法。如果这个人是伊利斯的话，就更是如此。

第二十三章 你输掉了一些东西

比赛的闭幕仪式就安排在午餐之后，两点钟便会开始。主办方会对这次大会做个整体的简短总结，感谢每一位研讨会主持人，也会感谢单纯帮助做会务的每一位。然后，他们就会宣布结果。那位曾经像看着点错的比萨一样看着我的女士是这样告诉我和伊利斯的。后来我们知道她名叫迪伊，现在她真的很好相处，因为她已经不再因为曾把我认错而心存芥蒂了。

她甚至还说了几句关于这件事的玩笑："你们这些年轻人啊，对什么事都不拒绝，虽然有时候你们连自己在做什么都不知道，对不对？"

“是的。”我的回答让她又笑了起来。

伊利斯根本就没让我吃上几口三明治，她急着拉我去大厅找前排的座位：“快点——我们得占个好位置。”

我们就在前排找了两个位置。大厅里有条通道从一排排座位中穿过，我们就坐在通道的右手边。伊利斯回头看了一眼，似乎在检查坐在这个座位上是否能看到那扇大大的双开门。然后她点了点头：“完美。”

“什么完美？”

“没什么。”

这真是典型的伊利斯风格。

* * *

迪伊说的内容里，有一项不符合实际情况。大会的总结不仅不简短，反而持续了很长时间。我前一天晚上缺席的睡意又重新找上门来，我感到我的头在向前一下一下地点着。会务组主席（他的名字叫吉尔伯特先生）感谢了每一个人，从会务负责人到餐饮负责人。然后他做了一场演讲，介绍了大会的创始人，以及漫画对我们日常生活的重要性。他也就讲了个百八十年吧。最后他终于讲完了。大家都在自己的座位上挺直腰背，动动双腿，做好准备要听大家现在唯一感兴趣的内容——比赛结果。闭幕仪式就是这次漫画展的最后一个环节，之后大家就会坐上汽车、大巴或是火车，各自回家。我突然有种想要起身离开的冲动，这样我们就能赶上更早的那一班火车。我想知道晚上迈尔斯叔叔会做什么晚餐，我想知道妈妈有没有刷完漆，我想知道他们订购的餐厅桌椅到货没有，我想知道他们是不是已经敲定了餐厅的名字。突然间，我满脑子只有一个念头，就是回家。

“现在，”吉尔伯特先生说，“我们相信你们大多数人都在等待着这一刻，而这一刻终于来临了——我将宣布本次漫画展最佳漫画奖花落谁家。”他用力地深吸了一口气。“我非常高兴能在此邀请我们的一等奖得主上台领奖。评委们一致认为，这是一部优秀的漫画作品，我们可以从中看到非常少见的绘画技巧，以及不可多得的表现力。请上台来——埃里克·杜兰！”

整个大厅内掌声雷动。埃里克满脸笑容，一路走上舞台。我转头看向伊利斯，她看上去深受打击：“我很遗憾，安佐。”

“没事儿。”我告诉她，“我根本没想过我能赢。”

“但是我一直认为你会赢的！”伊利斯说。

我早就应该告诉她，不要对我这么充满信心。

但事实上，对于没有赢得比赛这件事，我的心情完全没有起伏。一方面是因为我喜欢埃里克，另一方面是因为我觉得光是来这儿就已经很棒了，我遇见了志同道合的朋友，也感觉自己融入了集体。奖杯可能会帮我更好地和家人相处，但是可能也无济于事。参加这次漫画展已经让我看到，世界上还有许许多多和我一样的人，我们有着同样的爱好。而这意味着，虽然我偶尔会感到孤独，但我并不是真的孤身一人。

不过，伊利斯还不太能消化我输掉比赛的事实。她仍然不断地往我们身后的那扇门瞥去。

吉尔伯特先生把奖杯递给埃里克，大家一齐鼓掌。我把手指放在嘴里，给他吹出一声响亮的口哨（这是爸爸教我的）。他远远地看到了我，挥了挥手，并向我竖起了大拇指。

所以，我当时真的一点也没感到难过。然后，我回头看了一眼。

刹那间，我仿佛无法呼吸。门口站着妈妈、爸爸、迈尔斯叔叔和塔伯特叔叔。

我转头看向伊利斯。

“我真的很抱歉，”伊利斯又一次道歉，“我以为你会赢，所以我叫他们过来了。我想让他们真正看到你，让他们真正看到你的才华。”她脸上露出一种“我真的很抱歉”的表情。（这是我以前没怎么在伊利斯的脸上看到过的。）而且她整个人仿佛都凝固了，甚至她的手镯也变得悄无声息。“我想让你高兴起来！”

我突然觉得，输掉比赛的感觉确实很糟糕。但没有家人在现场的时候输掉比赛是一回事；如果他们在观众中，输掉比赛完全是另一回事了。这正是在向他们完完全全地证明，我毫无过人之处。

“安佐？”

“我没事。”

但我其实心口不一。

第二十四章 你也赢得了一些东西

埃里克走下舞台，而我一直在不停回头，看着我的家人慢慢走到通道那里，灯光照得他们不停眨眼。“现在，请各位再在座位上坐一会儿，稍作等待。我们要补充一个节目单上原本没有的环节。”我再次转身面对舞台，看到吉尔伯特先生在挥手，示意他还没说完。

“虽然评委们已经选出一位主要获奖者，但他们也从数百份参赛作品中一致挑选出另一份特别的连环漫画。他们认为，这幅漫画值得肯定，因为其中蕴含着真挚的情感，风格新颖、简洁、自由。”

伊利斯伸出手来，紧紧抓住我的胳膊。我这时已经能听到心脏在我胸口怦怦直跳，而且好像在发出回声。

我的目光和迪伊交汇，她站在吉尔伯特先生身边，朝我笑了笑，又眨了眨眼。我的脸颊一热一冷，如此交替。

吉尔伯特先生举起一张纸："安佐·奥利弗，请上来领奖。这是我们的新增奖项——潜力过人漫画奖！"

有那么一瞬间，我感觉自己都忘记了该如何呼吸。我看着伊利斯——她在大笑，好像一切终于都在按照她的计划进行。她推了推我："快去吧。"

我站了起来，但还是感觉大吃一惊。大厅里响起了一波声音，是大家鼓掌的声音。

"我跟你说过，你会赢的！"伊利斯在雷鸣般的掌声中喊道。（伊利斯的预言又成真了，所以这世界又恢复了秩序。）

我开始走向舞台，双腿抖个不停。

"那是我们家的男子汉！"迈尔斯叔叔突然大叫起来。

妈妈、爸爸、迈尔斯叔叔和塔伯特叔叔现在就像是站在通道的顶端一般。由于灯光的角度问题，我一开始无法看清楚他们的表情。但他们说的话（大喊的话）已经差不多表达出了他们的感情。

"呜——呼——！"塔伯特叔叔喊道。

有几个人大笑了起来，不过是那种善意的笑。

“亲手拿到那个奖杯，儿子！”爸爸喊道。然后每个人真的都笑了起来。

吉尔伯特先生递给我的是证书，而不是奖杯。这时所有人都笑得更厉害了。

“很抱歉。”他有点不好意思地说道，“但是你看，这是一个全新的奖项，所以我们原本只准备了一个奖杯。”

“哦，我不介意。”我说，“一点也没关系，这很棒。”

而且，这次我并没有口是心非。

* * *

我一下台，妈妈、爸爸、迈尔斯叔叔和塔伯特叔叔就把我团团围住。

“表现真棒，安佐。”塔伯特叔叔拍着我的背，夸赞着我。

“干得漂亮！”迈尔斯叔叔给了我个几乎让我窒息的熊抱。

妈妈拿着我的证书，笑容满面：“我必须做一个很特别的框，来把这个裱起来。对不对？”

“你得做两个！也许是三个！这还只是一个开始呢！是不是，安佐？”爸爸也拍了拍我的背。（我热切盼望以后不要再有人拍我的背了。）

我还是有点震惊。我的家人都在这里,他们都在和我说话,而不再只是他们互相之间说话。

有些梦想会以你意想不到的方式实现。有时，甚至会以超乎你预期的方式实现。

第二十五章 解释

当然，我们还是要进行一次“小小的谈话”。我们说了谎，又自己出门到了 250 英里之外的地方，这整件事肯定需要讨论。我想哪怕换成伊利斯也知道这点。在我们道歉之后，就是时候开始解释了。

我的妈妈、爸爸和叔叔们是我认识的人中声音最大的，也是最固执己见的。但这次他们认真听了我说的话。

“你为什么没有告诉我们，漫画对你有多重要？”妈妈在火车上说，“你真的认为我们对你感兴趣的东西都漠不关心吗？”她紧张地拉着围巾的末端。围巾上满是小钻头和木板的图案。

“我确实试着跟你们说过啊。”我说，“还记得吗，那次我收到荣誉奖后，就把信封给你看了。我以为你没什么兴趣。”

妈妈用手捂住嘴：“那个信封？我以为这是学校安排你去参加的。你看起来那么严肃，我以为你当时很失望，而不是高兴！我以为你希望得到更高的奖项，所以我是在尽量不把这事儿看得太重。”

“那个奖项已经很厉害啦！”伊利斯告诉她。

妈妈点点头，在座位上动了动：“我现在明白了。是我的错。”

“但是，先别说这个荣誉奖啦，我们这些做叔叔的压根儿就一无所知。”塔伯特叔叔说，“你为什么不先告诉我们，你画出了这么多超棒超赞的漫画？”

从我们离开旅馆，妈妈、爸爸、塔伯特叔叔和迈尔斯叔叔就一直在翻阅《孤独的巨人》。

“我想是因为……我感觉这些画都还不够棒。”我说，“你们都很自信，什么都能做好——”

“才没有呢，”塔伯特叔叔说，“想想迈尔斯叔叔做的香肠吧。”

“哎！”迈尔斯叔叔说，“说出这话的人，连妃乐酥皮[1]都不知道。如果他被烤在里面，可能都毫不知情哟。”

“闭嘴吧。”爸爸说。

让人惊讶的是，他们还真不说话了。

“继续说吧，安佐。”妈妈说。

“我一直觉得自己不够好。”我急急忙忙地说。

好一会儿没有人说话。在我的记忆中，这可能是我的家人们最漫长的一次沉默。

“哦，安佐。”妈妈说。她的眼里有泪光在闪烁，“我很抱歉。”

“问题是，安佐，”爸爸说，“我和你的叔叔们，成长的家庭环境非常……艰难。我们生活中的一切都必须遵循传统，遵守规则，按照要求行事。如果不这样做，就会受到惩罚。”

“我们从没有得到鼓励，说我们要勇敢地去做自己。”塔伯特叔叔表示同意。

“我们也从不允许去做一些冒险的事情，也不能大声喧哗，更没有任何自由。”迈尔斯叔叔说，“我们总被推着向前走，

[1]妃乐酥皮是一种像纸一样薄的酥皮。通常用来包馅，和春卷很相似，但形状可以多样。非常酥脆，入口即碎。

去做那些自己不想做的事情，以及自己不喜欢的决定。”

“你妈妈的父母也一样，他们对孩子的保护欲太强了。”爸爸接着说。

妈妈点了点头：“他们是一番好意，但他们从不放手让我自己去做任何事。从来没有。”

“所以我们有了你之后，便希望你能够拥有这份自由，能尽情地做自己。我们下定决心要给你空间，让你成为你自己，而不是感觉我们总在告诉你该做什么，该成为什么样的人。”爸爸叹了口气，“但我想，我们尽量不朝一个方向去的时候，也许却又向着另一个方向走得太远了。”

“对。”妈妈说，“我们真是大错特错了。”

爸爸抬起头来，咧嘴一笑，把手放在我的肩膀上：“好吧，也许不是都错了。因为看看你现在的样子——你多了不起啊！”

“简直是不同凡响。”塔伯特叔叔说。

“这一次我同意你的看法。”迈尔斯叔叔说。

妈妈又捏了捏我的手：“我们会更努力，不要那么……”

“做过头。”爸爸接着把这句话说完。

“火车坐过头了？我们？”塔伯特叔叔猛地站起来，想要显示他的惊讶之情。他的头撞到了行李架上。

迈尔斯叔叔拽住他的胳膊：“坐下，你可真是傻乎乎的。”

塔伯特叔叔坐了下来，极具戏剧性地吸了吸鼻子。迈尔斯叔叔朝我翻了个白眼，我笑了。爸爸说得对——他们做过头了，但他们是我的家人。我靠在座位上，微笑着。我们还有 100 英里才能到家，但我感觉自己仿佛已经回到了令我安心的家中。

第二十六章 生活改变之后

有时你特别迫切地希望有巨大的变化能发生，导致头脑中根本没有空间留给其他事情。而如果这个变化真的来临，它往往是以一种缓慢的方式逐日累加，让你甚至无法意识到有些事情正在发生改变。这真是一种有趣的现象。当我们从大会回来后，我的家人们并没有突然开始和我聊个不停，也没有忽然就把我做的任何事情都看在眼底。但我逐渐开始感觉到一种归属感——我在我们的家庭剧本中原来也有角色。首先，迈尔斯叔叔宣布我将成为他在厨房里的助手。

他对我说："对你这个年龄的男孩来说，不会做奶酪酱可是很丢脸的。"

于是，迈尔斯叔叔教我怎么做奶酪酱，然后又教我做煎蛋饼、意大利炖饭和约克郡布丁（这道菜的诀窍是，要用非常非常热的油）。

然后妈妈决定，我确实应该知道怎样给水槽更换垫圈。只要我掌握这项技能，她认为我就也能成为她的帮手，一起完成新厕所的墙壁装饰（秘诀是永远不要买便宜的油漆刷，否则你最后会源源不断从墙壁上挑出刷毛）。

最重要的是，爸爸和塔伯特叔叔告诉我，餐厅开业以后，他们希望我能在特价菜单的小黑板上每天画一幅漫画。“你想画什么就画什么。”爸爸说，“你是艺术家。”他甚至不是把这句话当成玩笑在说。

就这样，我一点一点地开始和家人一起做事，为整个家庭服务。我甚至有信心把本特利老师的事情说给他们听了，还提到她曾试图教我七种不同的口音。事实证明，口音学不好或学得好都一样有趣。我把他们都逗笑了！

漫画展之后，埃里克和我开始互寄漫画作品。他坚持要我加入他的网上漫画评论小组。得知我的真实年龄时，他觉得这太好玩了（我已经向我的家人保证，我会坦白一切）。他立即开始称我为“神童”，而这是第一个让我打心眼儿里喜欢的绰号。

终于，我有了找到组织的感觉。（这感觉可真好。）

我也想了个方法来感谢伊利斯。因为如果没有她的帮助，什么改变也不会发生。我现在明白了，有时你需要一个朋友稍加点拨，然后才能往正确方向前行。（如果是伊利斯，那她可能不只是稍加点拨，而是大大敲打。）我想让伊利斯知道，我很感谢她一直相信我有能力赢，虽然我最终未能以她所期望的方式获胜。妈妈深思熟虑之后，帮我找到一家卖专业文具的商店，我买到了一个超大的便利贴记事本，而且由不同颜色组成。在最上面的便利贴（紫色）上，我画下了伊利斯，她举着一本书，书名为《幸福的秘密》。我在下面写道："送给伊利斯，她是一位各方面都很了不起的朋友。"

当她读到这句话时，她大概沉默了五分钟。这一定是她沉默史上创下的最高纪录。然后她用力拥抱我，我差点都无法呼吸了。大约六秒钟后，她又开始对我发号施令，一切又都恢复正常。当然，一切都比之前要好得多得多。她把我的画裱起来挂在墙上，但如果有一天我成了大名人，她肯定会把这幅画卖给出价最高的人。（她应该真的会这样做。）

* * *

我的校园生活也发生了变化。就在漫画展后的那一周，本特利老师决定让乔什来出演《白雪公主与七个小矮人》中那个超级邪恶的后妈。从此以后，我再也不觉得自己还有报复他的必要——不论是真实的报复，还是仅存于幻想中的报复。然后，不知怎么的（谢谢你，伊利斯），我冒充为成年人并获得了一个奖项的事在全星小学已经尽人皆知。这事传开后的第二天，我走进我们班的教室，内森对我说："最近怎么样？"好吧，从那以后，事情都挺顺利的。所以这些天，当我走进教室，我都能听到这样的问候——"最近怎么样？"

最后我想说，对我而言，这样的生活就是幸福。一切都挺顺利的。

* * *

哦，说不定你还想知道，餐厅开业时的名字是——**"安佐之家"**。

致谢

这本书献给萨拉·格兰特。因为她，许多人在童书出版行业的写作生涯才得以启动，我就是其中之一。萨拉是一位才华横溢的作家，也是一位出色的沟通者，而且非常善于建立人与人之间的联系。她还是一位热情、机智、慷慨、忠诚的朋友。

每一本书的诞生都是整个团队努力的结果。但有时候，某一个人担负了比其他任何人更多的责任。蒂尔达·约翰逊是《巨人安佐》这本书的编辑，这本书的成败大部分都取决于她。她鼓励我提交创作的点子，然后选择了《巨人安佐》，并认为这是一部最具潜力的作品。然后，她一直都引导着我，她具有可敬的（显然也是无尽的）耐心和幽默感，帮助我绕过那些难以避免的叙事漏洞。她对文本展开了富有见地又具备思想深度的编辑工作，热情地鼓励我，这一切让我心怀感激。编辑们得到的感谢总是远远不够的，所以蒂尔达，请接受我在《巨人安佐》中表达巨人一般的谢意。（是的，我知道这是双关语。）也非常感谢我高效的经纪人伊芙·怀特，还要感谢塔雅·贝克，她是一位独具慧眼又一丝不苟的文字编辑。我还要感谢其余在皮卡迪利公司工作的出色成员，她们给予了我巨大支持。感谢市场经理夏洛特·霍尔、公关经理缇娜·莫里斯和校对员伊洛纳·亚希薇姿。

还有更多大大的感谢要送给尼坎德劳工作室，她们负责制作了绝对出色的封面和插画，让这本书呈现出恰如其分的视觉效果。

最后我还要感谢我的家人，感谢他们日复一日地爱、支持和鼓励。我对他们的爱是如此绵长，世界上没有一个卷尺可以测量。

译后记

酸奶里也会藏着蜂蜜

译完《巨人安佐》这本充满乐趣的小说，我感觉自己和书中几个人物仿佛已经成了好朋友。我曾经因为他们遭受挫折而感到揪心，也曾因为他们的成长而感到欣慰。

作为译者，我已经率先被这个幽默轻快，妙趣横生的故事吸引。我也读出了轻松文字背后所蕴含的成长哲理。虽然作者在叙述中使用了许多玩笑口吻，但其实在向读者传递出安佐这样的孩子正面临什么样的困境：他因为外表而被同学嘲笑，导致他并不喜欢校园生活；他感觉自己在家非常渺小，父母和两位叔叔都总是忽略他的存在，也不会听到他表达的意见。

在这个故事中，最为打动我的一处细节是迈尔斯叔叔对安佐说的那句“有时酸奶里也会藏着蜂蜜”。而他和好朋友伊利斯的冒险故事就从这一点点蜂蜜开始。虽然安佐总说，伊利斯才是那个天生的幸运儿。但他自己其实也是幸运的，而他的幸运在于，小小年纪就找到了属于自己的“蜂蜜”：漫画。当安佐在学校度过了垂头丧气又惊吓不断的一天，他回到家却收到一封信，得知自己投稿的漫画入选二十强。这便是他在酸奶中找到的蜂蜜。

他通过画漫画来记录生活，灿烂或黯淡，快乐或低落，他都会用画笔记录下来。他因而拥有了一方自己的小小天地，不论外面的嘲弄声多么刺耳，不论家里的装修声多么吵闹，他都能沉浸在自己画出的世界中。

这本书的原文饱含许多双关语，还有许多幽默的表达。我在翻译过程中也尽量保留了原文的语境，希望读者在阅读中文版的故事时，也能体会到原文语言的俏皮、简洁和幽默。比如，文中两位叔叔开的面包店名为“One piece of cake”，我翻译成“小意思蛋糕”，保留了原文“轻松的任务”之意。另外，一家人在讨论餐厅名字的时候，也尽量使用了富含文学性和韵律性的表达，比如“心之所向”（Heart's desire）和“胃之所向”（Stomach's desire）。

这本书的语言轻快幽默，实际上却触及了许多青少年成长过程中的关键问题。首先，安佐因为自己的身高而被嘲笑，这其实已经是一种轻度的校园霸凌现象。校园霸凌可能对孩子产生深远的负面影响，不仅会危害他们的心理健康，还可能让他们的社交能力和学业表现都陷入低谷。在这个故事的开头，安佐对于上学也存在一定的畏惧和厌倦心理，这其实都和他在学校的遭遇有关。这本书也能有效地提醒教育工作者和家长们，家长和各个教育机构都应共同努力来预防校园霸凌问题，或是对成长中的孩子提供一定的心理援助。

其次，我们在这个故事中看到，安佐和父母的沟通方式也得到了极大改善，家庭关系也日趋和谐。对于青春期的孩子而言，他们往往还在寻找自己的定位，树立自我认知，他们的声音需要被家长听到，他们的兴趣爱好也需要被家长看到。在故事的开头部分，安佐的父母忙于装修、开店，对安佐极为重视的漫画奖并未给予关注和回应，导致安佐未能在漫画创作中获得足够的认同和肯定。但在父母给予他支持之后，他便不再总是自我封闭，在家庭和学校都收获了安全感，也自然觉得生活开始越来越顺利。

这本书的英文书名包含“巨人”一词，而安佐的画作多以“巨人”为主题。这是贯穿全书的隐喻，比如安佐在漫画展上还购买了一件绘有巨人图案的T恤。我想，这不只是对应安佐迅速增长的身高，还说明他内心也逐渐变得强大，成了精神上的巨人。

我们每个人都需要在人生的大海中抛下自己的锚，否则人生便仿若在黑暗的大海上漂荡，陷入没有目的、怀疑意义的痛苦之中。这个锚可以是我们愿意坚持的爱好，也可以是一群能够交心的朋友,也可以是身后支持我们的家人。这个锚，指引我们在酸奶中找到蜂蜜。也正是在这样一个收集蜂蜜的过程中，成长中的孩子能够一点一点积累自我肯定，逐步增强自我价值感，就如同安佐从“小花生”成长为了“巨人”。

周悟拿

2023 年 10 月

于岳麓山下